小学館文庫

大阪マダム、後宮妃になる！

第三幕は難波鳳朔花月編

田井ノエル

小学館

Osaka Madame Kokyu-hi ni naru

目次

大阪マダム、後宮妃になる！
第三幕は難波凰朔花月編

登場人物

大阪マダム、後宮妃になる!

第三幕は難波凰朔花月編

Osaka Madame Kokyu-hi ni naru
CHARACTERS

典《てん》嶺《れい》
凰朔国の前帝。故人。

秀《しゅう》蘭《らん》
凰朔国の皇太后。

最《さい》黎《れい》
天明の兄。故人。

天《てん》明《めい》（亮《りょう》）
凰朔国の皇帝。

乍《さく》颯《そう》馬《ま》
天明の腹心の部下。

遼《りょう》博《はく》宇《う》
遼星霞の父。

鴻《こう》柳《りゅう》嗣《し》
蓮華の父。

齊《さい》玉《ぎょく》玲《れい》
先帝の貴妃。

白《はく》璃《りー》璃《りー》
玉玲の従者。

後宮

鴻《こう》蓮《れん》華《か》（鴻徳妃）
豪商の令嬢。
前世の記憶を持つ。

陳《ちん》夏《か》雪《せつ》（陳賢妃）
大貴族の令嬢。正一品。

劉《りゅう》天《てん》藍《らん》（劉貴妃）
将軍の家系・劉家の娘。正一品。

王《わん》仙《せん》仙《せん》（王淑妃）
正一品。なんでも碑にしたがる。

陽《よう》珊《さん》
蓮華の侍女。

朱《しゅ》燐《りん》
蓮華の侍女。

傑《けつ》
王仙仙の侍女。

オープニング　大阪マダム、凰朔《おうさく》新喜劇はじめました!

一

「ドリルすんのかいせんのかい。と、彼《か》のすち子氏は言いました」

鴻蓮華《こうれんか》は、瞼《まぶた》を閉じて精神統一する。

すーっと息を吸い、はぁーーっと吐き出した。そうやって、己《おのれ》の意識を整えていく。

「せやけど――うちは、やる女ゃッ!」

カッと目を見開いて、バッと腕まくり。

そして、両手に持ったコテを勢いよく回した。その姿は、凰朔《おうさく》国随一と謳《うた》われる豪商の娘とは呼べぬ姿だろう。ましてや、後宮の妃《きさき》と説明しても、信じる者はいまい。

蓮華の眼前には、アツアツに熱せられた鉄板がある。

そこに蓮華は、とっておきのものを並べた。じゅわーっと、有機物が焼ける音が響き、白い湯気がのぼる。

これは蓮華が希《こいねが》う、アレだ。

そう。鴻蓮華という人間が、この凰朔国に転生してから、ずっと探し求めているアレ――ようやく……ようやく出会える。

思い起こせば、もう云十年《うんじゅうねん》。いや、盛ったわ。

豪商、鴻家の娘にして、後宮の妃。鴻徳妃《とくひ》とも呼ばれる蓮華には、前世の記憶がある。それは日本という国で過ごしたときのもの。阪神《はんしん》タイガース優勝の日に、カーネル・サンダース人形の身代わりとして道頓堀《どうとんぼり》に落ちて溺れ死んだ。大阪《おおさか》で生まれ、大阪を愛し、大阪に沈んだ記憶である。

ドリルすんのかいせんのかいと、吉本《よしもと》新喜劇ネタを宴会芸として披露していたころがなつかしい。前世では、たこ焼き居酒屋チェーン店に勤めていたが、あれは会社の偉い人にウケがよかった。

鴻蓮華として凰朔国に生を受けたのが十七年前。前世の記憶をとり戻したのが、三年前。そのときから、蓮華はずっとコレを求めていた。

「待っててや、蛸《たこ》ちゃん！」

鉄板のうえで色を変えていくソレを見て、蓮華の目頭が熱くなる。洟《はな》をスンッとすすって、袖で涙を拭った。

決して……決して……悔しくなんかないッ！

「これが……うちの……蛸！」

蓮華はコテで、目の前に並んだソレを転がした。コロコロと、少しずつ焼き目をつけていく。なにせ、丸っこい。均等に焼くのがコツであった。

そうして、焼き色のついた足が、クルンと反り返りはじめる。

「蛸がないなら、作ってしまえばええやないッ！」

マリー・ナンタラネットさんのような台詞《せりふ》を叫びながら、蓮華は目の前の――腸詰め肉《ソーセージ》を引っくり返した。切れ目を入れて、足が八本になっている。

そう、これは禁断の――。

「タコさんウインナーやッ！」

ああ、泣きそう。

凰朔国では、蛸が見つかっていない。大陸の内陸部なので、海産物自体が希少で手に入りにくいのだ。

ゆえに、転生してから蓮華が作るたこ焼きには……蛸が入っていない。干し魚や煮込んだ肉、チーズなどが主な具材だった。新しくウインナーが具として使えるようになったけれど、蛸だけがない。「吾輩《わがはい》はたこ焼きである。蛸はまだない」の状態だ。

「スペシャル可愛《かわい》い特製タコさんウインナー！　これぞ、ジェネリック蛸！」

できあがったのは、ちょっと大きめのタコさんウインナー。西域《さいいき》からの商人が後宮へ、腸詰め肉を売り込みにきたので、作り方を教えてもらった。試行錯誤の結果、こうして、可愛い可愛いタコさんウィンナーが完成したというわけだ。

今日はそのお披露目の場でもある。

「やったるで」

腕をあげ、力こぶを作る。

蓮華は凰朔国に転生し、鴻家の商売を手伝っていた。しかし、父である鴻柳嗣《りゅうし》に商才を買われ、あろうことか後宮へ放り込まれたのだ。蓮華としては、前世で志半ばでかなわなかった「独立して自分の店を持つ」という夢を叶《かな》えたかったけれど……仕方がないので、後宮で商売をしている。

もちろん、そんな妃は前代未聞だと、周囲から言われた。当たり前か。

前世では、大阪のオカンのような強く賢く優しい女性――大阪マダムを目指していた。信条を曲げるつもりはない。むしろ、曲げたら負ける。

この凰朔国は、前世の世界とはちがって過酷だ。差別や勢力争いがあり、宮廷には様々な思惑が渦巻いている。蓮華は運よくお金持ちの家に生まれたが、貧しい庶民階級の扱いには、目を覆いたくなるときがあった。

せやったら、なおさら……蓮華は明るく元気に図太く生きたい。

そして、ゆくゆくは、この国を変えていく――そう、ねがうようになっていた。

タコさんウィンナーは、蓮華の壮大な計画の第一歩になるはず……！

蛸が手に入らないのは、見目が「妖魔みたいで気持ち悪い」という理由で、食べ物として認識されないからにちがいない。であれば、このタコさんウインナーを使って「蛸めっちゃ可愛い」を啓蒙《けいもう》すればいいではないか。蛸への抵抗感がなくなれば、みんな食べたがるはず。

地道な努力をコツコツと。そうして、本物の蛸が手に入ったあかつきには、たこ焼きの美味《うま》さに国中が驚くだろう。もちろん、蓮華の販売するたこ焼きの人気も、うなぎ登り！　美味《おい》しいたこ焼きが流行《はや》れば価格がさがり、貧富に関係なく、凰朔の国民食になっていく——知らんけど。

この国の格差を是正したいというのは、蓮華の目標でもある。

「れ、蓮華様……！」

得意げにタコさんウインナーを串に刺す蓮華。だが、そんな蓮華に向けられる視線は……ちょっと思ってたんとちゃうかった。

「なんですか、その珍妙で醜悪な食べ物は……！」

陽珊《ようさん》だ。蓮華が後宮へあがるとき、鴻家から一緒についてきた敏腕侍女である。

蓮華が丹誠込めて作ったタコさんウインナーを指さして、陽珊はじりじりと後ずさりしている。顔を真っ青にしながら、タコさんウインナーを凝視していた。

「可愛いやろ？」

「気色悪うございます！」

「なんでやねん！」

キッパリ述べた陽珊に、蓮華はノータイムで反論した。けれども、陽珊は首をぶるぶると横にふる。

「まさか、蓮華様。その奇怪な見目の腸詰め肉を売ろうと言うのですか!?　やめておいたほうがいいです！　客足が遠のきます！」

陽珊は蓮華を思いとどまらせようと、両手を広げて力説する。

「な、なんでや……可愛いやろ、これが蛸や。いや、ウインナーやけど……」

「本日は、稼ぎどきなのですから、邪魔をしないでくださいませ！」

陽珊は、バッと力強く右手で示す。

ここは後宮――ではない。

デデーンと大きな広場であった。正面には赤くて派手な殿舎がドンッと建っている。瑠璃《るり》瓦が艶々《つやつや》と太陽光を跳ね返して輝く様が煌《きら》びやかだ。

広場には様々な人々が行き交っていた。大半は、いわゆる庶民層だ。酒を飲む者も多く、みんな陽気な表情である。

市場と見紛《みまご》うほど出店が並んでおり、活気にあふれていた。雑技団というのだろうか、身体のやわらかいお姉ちゃんが芸を披露している。二胡《にこ》など楽器の演奏者もいて、ほんまにぎやか。

本日は凰朔国の建国祭だ。毎年開催されており、七日間、盛大に祝っている。凰朔の都、梅安《ばいあん》では宮廷の一部が民衆にも開放されていた。普段は役人と貴族しか立ち入れぬ領域で、商人たちは屋台を出店している。表向きには、広く皇帝の慈悲と威光を示すという意味を持つので、別の区画では、貧民層に向けた食料の施しも行われていた。

この七日間ばかりは、誰もが国の安泰を祝福し、来年の幸福を祈る。前世の感覚だと、建国記念日というよりも、お正月に近い。

が、蓮華は後宮の妃。当然、本日は酒宴で皇帝に侍《はべ》っている――はずなのだが。

「邪魔なんてしとらへん。なんのために、仮病使って酒宴抜けてきたと思ってんの。可愛いタコさんウインナーも並べて売ったら、きっと大盛況――」

「屋台は、この陽珊におまかせくださいませ！」

蓮華は後宮の妃であると同時に、商売人でもある。普通は両立不可能だが、蓮華は皇帝の寵妃《ちょうひ》となる代わりに、後宮で商売をする権利を得ているのだ。現在、後宮では蓮華の経営するたこ焼き屋と、お好み焼き屋が大流行していた。

こんな自由が利くのも、すべては皇帝――天明《てんめい》との契約のおかげだ。

後宮に入ったとき、蓮華は天明に目をつけられ、契約を持ちかけられた。仮の寵妃となり、皇太后、つまり実母である秀蘭《しゅうらん》打倒の計画に協力せよ、というものだ。

その当時、実権をにぎるのは秀蘭であり、子の天明はお飾り皇帝だった。天明は秀蘭を斃《たお》し、実権をとり戻す計画を立てていたのである。

蓮華はその片棒を担ぐと約束したが……結局、天明と秀蘭を和解させてしまった。だって、親子やもん。仲よくできるはずやろ？

もう蓮華が寵妃を演じる理由はないのだけれども、なんとなく流れで、この関係は続いている。天明は現在、政務に励んでいて跡継ぎ作りは後回しだし、蓮華も、せっかく得た商売の権利を手放したくない。

本日も、特別に許可をもらい、建国祭に屋台を出店していた。今は酒宴を仮病で抜け出し、こっそりと屋台の客入りを見にきている。あと、タコさんウインナー。もちろん、これも（無理やり）許可をとりつけて行っていた。

「蓮華様の商才は素晴らしいですが、その妖魔だけは売れません。断言します」

陽珊には、屋台の管理をまかせてある。というより、最近、後宮での商売もほとんど陽珊に委ねていた。蓮華が仕込んだ甲斐《かい》があり、陽珊の商売勘はメキメキと育っている。ときおり、蓮華が目を見張るような手腕を発揮した。

そんな陽珊が、タコさんウィンナーは「売れません」と断言している。これには、さすがの蓮華も怯《ひる》んだ。

「いや、か……可愛いし……フランクフルトの隣に並べてくれても……」

「可愛くありません。そもそも、法蘭法爾答《ふらんくふると》も初めて売る商品なのです。売れ行きが確定しないのに、変則商品など併売できません」

「ご、ごもっとも……せやけど」

「せやけど、ではございません。蓮華様は、その蛸なる生き物への執着で、状況が見えておりません」

痛い！　痛すぎるツッコミ！

蓮華名義で出店した屋台は、たこ焼き、お好み焼き、フランクフルトだ。今のところ三店の売り上げは上々だが、たしかに陽珊が指摘するように、フランクフルトの出足は若干遅れている。食べ歩きしやすい「串焼き腸詰め肉」という売り出し方をしているが、どうも、物珍しさでは粉もんに軍配があがるらしい。

「ぐぅ……食紅で色もつけてへんし、やっぱ、タコさんウインナーは、やめたほうがええんかいなぁ……タコさん、こないに可愛らしいのに……」

陽珊からそこまで言われると、蓮華もショゲる。肩をガックリ落として、重いため息をついた。涙は出てへんけど、目尻を拭う仕草をする。

そんな蓮華を見て、陽珊も多少は心を痛めたのか、ふうっと、仕方なさそうにする。

「わかりました。少しだけ、陳列しましょう……売れなかったら、芙蓉《ふよう》殿の賄《まかな》いにしますので……」

「ほんま？　やったー！　蛸、広めるでー！」

　というか、蛸なしのまま、たこ焼きが売れてんのが、ちょっと癪《しゃく》なんやけど。

「しょうがないですね……」

「生姜《しょうが》なら、あるで！」

「蓮華様、くだらない呆《ぼ》けは不要でございます！」

　そんな、しょうもないボケツッコミも、そろそろお馴染《なじ》みになってきた。陽珊から、的確なツッコミが返ってくるようになって嬉《うれ》しい。陽珊本人は無意識だが。

　蓮華はタコさんウィンナー作戦の成功を祈りながら、店先に串を並べる。パンパンッと、両手を叩《たた》いて二礼二拍手一礼。これが馬鹿売れして、蛸への道が拓《ひら》けますように！　待っててや！　蛸ちゃん！

「鴻徳妃、よかったですね」

　上機嫌になった蓮華に笑いかけるのは、朱燐《しゅりん》だ。目が大きくて愛嬌《あいきょう》のある侍女は、二胡の演奏を止めて拍手をしてくれた。

　もともとは下働きだったが、今は蓮華の侍女として仕えている。

「朱燐も、すっかり演奏上手になったやん」

　朱燐は屋台のＢＧＭを担当して、二胡を弾いていた。演奏は覚えたばかりだが、祭りの場に溶け込む違和感のなさ。いや、妙に耳心地がいい旋律。蓮華の感性とピッタリ波長があっていた。

「ありがとうございます。鴻徳妃が沐浴《もくよく》で歌っていらっしゃる曲を真似《まね》てみました」

朱燐は照れながら、二胡を再び奏でる。

うちが沐浴、つまり、お風呂でいつも歌う曲って……。

「テレテッテレーテレテレッテテレーテレテレッテッテー……ふんにゃカパッパーふんにゃカパーふんにゃカパッパっぱー♪」

蓮華の鼻歌と、朱燐の二胡が完璧にマッチングした。

うん、これは耳心地いいはずや。吉本新喜劇のオープニングテーマやもん。

鼻歌を耳コピして二胡で弾くなんて、朱燐は多才だ。蓮華が監督兼投手《ピッチャー》をつとめる芙蓉虎団《ふよう・たいがーす》でも、盗塁を持ち味としたスター選手をつとめる。もちろん、今回の建国祭でも、明日の正午に野球の試合が予定されていた。芙蓉虎団 対 水仙巨人軍《すいせん・じゃいあんつ》の試合だ。

気合いが入る。

「鴻徳妃のお役に立ちたくて……無論、明日の野球でも！　朱燐めは、今季の盗塁王を狙います！」

「うんうん、その意気や。頼むで！　朱燐！」

「はい！」

朱燐は貧民街出身で、いわゆる「名なし」と呼ばれている。庶民階級の中でも、とくに苗字《みようじ》を持たない下層を示す蔑称だ。差別される対象であり、蓮華はそんな凰朔の気風が大嫌いだった。

朱燐が野球で人気者になれば、差別と階級社会で凝り固まった凰朔国も風通しがよくなる――蓮華はそう期待していた。

この世界に転生して商売をし、後宮に入って、野球を広めて……蓮華はいろんなことをしてきた。そのたびに身分差別や、階級社会の壁を目《ま》の当たりにしたのである。

もっと、みんなが笑顔で生きやすくならへんかなぁ……。

建国祭の七日間が終われば、庶民は宮廷から締め出され、また日常が戻ってくる。それに、宮廷への入場が一部解禁になっているだけで、今ここに貴族たちはいない。みんな奥の宮で、酒宴に興じ、庶民が集まる広場など見向きもしないのだ。

現実が見えているだけに、壁は高く感じた。

二

あまり長い時間は酒宴の席を外せない。

大事な場面では、やはり蓮華も場にいなければならなかった。

「思ったよりも、時間がかかってしまいましたね」

　蓮華の供に、朱燐がついてきてくれる。屋台は陽珊にまかせ、これから後宮で着替えを済ませて酒宴に戻る予定だ。

　後宮へ入るための門は三つある。一つは、商人などが出入りする表門。二つ目は、皇城と後宮を繋《つな》ぐ役人用の門。そして、皇帝が渡るための門。

　今回、役人用の門を通る許可をもらっている。一番近い桂花《けいか》殿の部屋も更衣室として借りたので、準備に抜かりはない。

　蓮華は徳妃。正妃《せいひ》がいない現在の後宮では、徳妃、賢妃《けんひ》、貴妃《きひ》、淑妃《しゅくひ》の四人で構成される正一品《しょういっぽん》の権力が一番強い。いわゆる一軍だ。階級社会は苦手だが、蓮華はこの特権をフル活用している。

　後宮の中ならば、ある程度の融通が利いた。蓮華の顔が利かない場所はない。一箇所だけ、水晶《すいしょう》殿という殿舎は、よく知らないが。もっとも、そこは伝染病が出たときの隔離施設らしく、誰も住んでいないという話だ。ノーカンでえぇやろ。

「はよ戻らなあかん」

　蓮華は早足で後宮へ続く門に向かう。それもこれも、陽珊がタコさんウインナーを批判したからだ。あー、タコちゃん……売れてや！　頼むで！

　祈りながら歩く蓮華の頭は、タコさんウインナーが何本売れるかでいっぱいだった。

「ですから、花を……」

「なりませぬ。上からの命でございます」

広場から離れて、しばらく。後宮へ続く門が見えてくる。

そこで女性が二人、門番となにやら言いあっているようだ。

一人は、百合《ゆり》の花束を抱えている。儚《はかな》く散っていく花の印象を、そのまま映し出したような……とにかく、えらい美女だった。

血が通っていない陶器の如《ごと》く肌が白い。あれは白粉《おしろい》だけの力ではないはずだ。風が吹くだけで、倒れてしまいそうな繊細さがあった。結いあげた黒髪はまるで飴細工《あめざいく》で、触れれば壊れそう。虚《うつ》ろで哀《かな》しげな瞳が、門番たちを見ていた。

もう一人は、従者だろう。声がよく通り、門へ近づく蓮華にも内容がしっかり聞こえてきた。

「花を供えるだけです。門前でかまわないと、大小姐《だしやおじえ》は申しております」

そばかす顔の従者が食い下がるが、門番は頑《かたく》なに「なりませぬ」と首をふっている。いやに口調が強い。「上からの命」とも言っていた。

ただ花を供えさせてほしいという申し出に、なぜ？　蓮華には、門番が断る理由がわからなかった。ええやん、花くらい。もらえるもんは、もらっときや。

「あのぉ――」

蓮華は仲裁しようと前に出る。

だが、蓮華の申し出を上から塗りつぶすように、別の声が重なった。

「玉玲《ぎょくれい》、このような場所で、なにをしている？……恥知らずが」

強めの言葉に、思わず蓮華は足を引っ込めてしまう。サァーッと、気温がさがっていくような感覚だ。背筋に悪寒が走って気色悪い。

けれども、それは蓮華に対して投げられた言葉ではなかった。

声の主は、花を抱えた女性を罵《ののし》っている。玉玲というのが、彼女の名だろう。

「あれって……」

蓮華は気づいて、思わず植え込みに身を隠す。

現れた男には見覚えがあった——遼博宇《りょうはくう》。

遼家の当主である。古くから、凰朔国を支配する貴族の一族だ。新しい凰朔国を目指している天明や秀蘭の思想と対立する貴族の筆頭である。つまり、天明と契約した蓮華にとっても、敵だ。

蓮華も、一度だけ会ったことがある。顔が特徴的なので、忘れようがない。糸みたいに細い目に、出っ張った額の形……玉ねぎみたいな髪型……通天閣《つうてんかく》のビリケンさんにそっくりなのだ。

せやけど、あれは幸運の神様やない。ノット・ビリケンさん。利用できるものは、なんでも利用する。そういう、あくどい貴族であると、蓮華は知っていた。

たとえ、実の娘に対してであっても。

遼博宇は、娘の遼星霞《せいか》に命令し、たびたび蓮華を陥れようとした。そして、不用になったら、星霞の命も切り捨てた——星霞の首を公衆の面前にさらし、罪の言い逃れをしたと聞いている。

蓮華の脳裏に星霞の笑顔が浮かぶ。

今だって、蓮華は彼女の顔を思い出せる。最後、わかりあえないままになってしまい、蓮華はずっともやもやしていた。遼博宇の姿を見ると、あのとき、なにもしてやれなかった無力さが蘇《よみがえ》ってくる。

だが、その遼博宇が、どうしてこんな場所にいるのか。今は酒宴が開かれているので、貴族はそちらへ集まっているはずだ。

あの女の人を、捜しにきた？　わざわざ？

「…………！」

出ていくタイミングを失って隠れている蓮華のほうを、ふり向く者の気配がする。

いつの間に、そこにいたのだろう。遼博宇のうしろに青年が立っていた。キリッとした目元が怜悧《れいり》で、視線からは感情が読めない。しかし、顔にはメリハリがあって、どことなく華やかだ。目立ちそうなのに……存在感が薄く、不思議な青年だ。

そういえば、以前、遼博宇と遭遇した際にもいた。名前を聞いていないが、遼博宇の従者なのだと思う。イケメンやけど、薄気味悪い……。

「この期《ご》に及んで、また花などと……」

やはり、遼博宇の言葉に蓮華は寒気を覚えた。以前に遭遇したときと、しゃべり方や雰囲気がちがう。蓮華が記憶する遼博宇は、ねちっこくて嫌みたらしかった。

けれども、今は……背筋が凍るような恐怖を感じる。

そういえば、星霞が言っていた。「お父様が褒めてくださる」、と。蓮華は当初、「うちには最初、褒めてくださらないって言うてたやん！」と、星霞の嘘《うそ》に腹を立てたが……承認欲求が強い星霞を操るために、遼博宇は彼女を過剰に褒めていたのかもしれない。

遼博宇は、話す相手によって態度を変えているのだ。八方美人なんて可愛いものではない。どういう態度をとれば相手を支配できるか、心得ているのだろう。

実際、玉玲と呼ばれた女性は、遼博宇の言葉にうつむき、沈黙していた。恐怖で顔が蒼白《そうはく》になっている。美しい顔に初めて感情が浮かんだ瞬間だった。

「あかん」

蓮華は、隠れているのをやめた。いきなり前に進み出たので、うしろで朱燐が「鴻徳妃……！」と、慄《おのの》いて蓮華を止めようとする。

しかし、蓮華は無視した――玉玲という女性が、困っていると思ったからだ。

困ってる人は、助けたる。厚かましくてお節介なオバハンと言われたってかまわない。それが前世で育ててくれた、大阪のオカンの教えだった。蓮華はオカンのように、強くて他人を守れる大阪マダムを目指しているのだから。前世では、カーネル・サンダースの呪いから大阪を守って死んだけど。

「ちょっと、よろしいですか」

蓮華が声をかけると当然、視線が集まった。

ええ感じに注目されたところで、蓮華は気づく。これは、「誰やねん、お前」の空気だ。後宮だと、蓮華の顔を知らない者はいないので、ついつい名乗るのを忘れてしまっていた。

「どこかで見たような……？」

遼博宇が怪訝《けげん》そうに蓮華を凝視した。

蓮華は遼博宇に皇城で一度会っている。あのときは男装しており、「陳蓮《ちんれん》」という偽名を使っていた。思い出されては困る。

「鴻蓮華と申します。父がいつも、お世話になっております」

蓮華は偽名と結びつけられる前に、本名を名乗った。すると、遼博宇は糸みたいに細い目を少しだけ開いた。

「ああ、鴻。なるほど、そうか……たしかに、図々《ずうずう》しくて間抜けそうなところが、お父上にそっくりであるな」

かちーん。いや、図々しいのは否定せんけど、いちいちいけずな言い方しよるわ！

「ほほほ……そうでっか」

腹立たしさを隠して、蓮華は見事なお上品さで乗り切った。大阪弁丸出しやけど。

蓮華にサラリと嫌みを言う遼博宇からは、玉玲を従えるための威圧感が薄まっている。蓮華が鴻家の娘だと知り、「嫌みなオッサンモード」に切り替わったのだろう。

これは、格下相手に対する態度なのだと思う。格下認定されてしもた……。

蓮華は後宮の徳妃だ。正妃がいない後宮では、現状一番偉いが、位を剝がせば、庶民の娘である。しかも、蓮華の父親は、娘の勝ち取った権力に寄生して皇城に上がり込んでいるのだから、嫌みな態度も納得だ。

ムカつくが、自身がそういう立場なのは重々承知していた。

「こほん……うちは、いえ、私は偶然こちらを通りがかりましたが、遼博宇様ほどのご身分の御方《おかた》が、どないして、こないな日陰におられるのでしょうか。こっちには、後宮しかございませんよ」

とにかく、蓮華は話をそらそうとする。

この玉玲という女性、遼博宇に怯《おび》えている。なら、助け船を出すのが、お節介上等の大阪マダムではないだろうか。

玉玲は下を向き、なにも言わないけれども、遼博宇の注意は蓮華に向けられている。

「こんな日陰とは言うが、そっくり返そうか。皇妃がなぜ、このような場所に。しかも、そのような粗末な格好で」

痛いところを衝《つ》かれて、蓮華は苦笑いする。まさか、仮病で酒宴を抜け出して、屋台の様子を見ていました～なんて、言えない。衣《ころも》も地味な装いのままだ。

「それは……広場に鴻家が店を出しておりますので、あいさつに行っただけですわ。私も後宮へ入った身。このような機会でもありませんと、家の者に会えまへん。主上《しゅじょう》さんの許可もいただきましたので、ご安心ください」

嘘は……ついてへん。ギリ嘘やないもん。うん。

「ところで、私はそなたと初めて会うはずなのだが……後宮のお妃《きさき》が、どこでどうやって、私の名を知れたのかね？」

「通天……いえ、父から聞き及んでおりますので。とてもビリケ……やなくて、にこやかなお顔です、と」

「ふむ、そうかね。大したものでもないが」

いやいや、この顔で大阪を歩けば人気者まちがいなし……中身は嫌みで腹の黒いオッサンやけど。蓮華は苦笑いしすぎて、頬が引きつりそうだった。

「しかし、主上が入れ込む妃は、どのような佳人か期待していたが……この程度か」

遼博宇は無遠慮に、蓮華を上から下まで観察しはじめる。

蓮華は後宮に入れる程度に美女であるにはちがいない。けれども、「この程度」なのは承知していた。シュッとした印象の別嬪《べっぴん》さんだが、後宮は蓮華を超える美貌であふれている。顔だけで選ぶなら、埋もれてパッとしないだろう。

最近まで、天明という皇帝は「無能」で通していた。女好きで政治がわからないふりをして、実権は皇太后の秀蘭がにぎっていたのだ。

表向きに、蓮華は天明の女遊びをやめさせ、政《まつりごと》をするよう矯正した「才女」ということになっている……らしい。たしかに、事情を知らない人間から見れば、そうだ。蓮華を寵愛《ちようあい》しはじめた途端に、無能だった皇帝が真面目に更生したのだから。

しかし、蓮華は遼博宇がそういう意味で「期待していた」と言っているわけではないと理解している。

天明は当初、遼博宇ら反秀蘭派の貴族と手を結んでいた。だが、蓮華の介入で、天明と秀蘭が和解したため、逆に、今は彼らと対立する関係となっている。それほどのことを成し遂げた女が、どのようなものか。そういう意味で、遼博宇は蓮華に「期待していた」のだろう。皇帝を心変わりさせ、貴族たちを裏切らせた悪女として。

ほんま、いけずなオッサン……。

「主上はつくづく、女性に恵まれぬ方だ」

これには、蓮華だけではなく、秀蘭も含まれている。秀蘭は貧民街出身で、後宮で下働きしていたのを、前帝に見初められて正妃にのぼりつめたシンデレラガールだ。

そのせいで、遼博宇を筆頭とする貴族たちから嫌われている。

蓮華の悪口は大いに結構だが、秀蘭まで悪く言われると気分が悪い。

「まあ、よい……では、また。鴻徳妃」

遼博宇はおおむね満足したのか、「戻るぞ」と、従者の青年に声をかけた。

さすがに、遼博宇も蓮華の前で玉玲を罵ろうとは思わなかったらしい。軽く睨《にら》みつけただけであった。蓮華は、遼博宇からの一方的な嫌みを聞き流す形となったが……まあ、ええ。承知のうえで、玉玲を助けたのだから。

「ふう……今日はこの辺にしといたるか」

蓮華は遼博宇が去ったのを確認し、両手をパッパッと払う動作をする。

「あ……花やったら、うちがもろときましょか？」

そう言いながら、蓮華は玉玲に手を差し伸べる。

「…………」

玉玲は目を伏せるばかりで、蓮華を見ようとしなかった。

よく観察すると年齢は三十代後半ほど。秀蘭と同じくらいだと推察できた。年齢など感じさせない美魔女という点でも、一致している。

誰かに……似とる？

ふと、玉玲が誰かの面影と重なって見えた。しかし、はっきりとしない。

「あの……」

玉玲は蓮華から距離をとろうとする。じっと見つめすぎてしまったみたいだ。

「すんません。なんや知りあいに、よう似とったみたいやから」

蓮華は笑いながら、再び両手を差し伸べる。

「花、うちがもろときます。これでも、後宮の妃なんですわ」

「鴻蓮華……」

さっき、遼博宇に名乗ったからだろう。玉玲は、蓮華の名を口の中で転がした。

「……鴻徳妃のお手を煩《わずら》わせるようなことではございません」

玉玲は小さくつぶやいた。要するに、「大きなお世話」とか「お節介」とか、そういう意味だ。蓮華にとっては、言われ慣れた台詞である。

「わかりました。よろしくおねがいします」

けれども、そんな玉玲の手から花束が奪われる。彼女が連れている従者だった。

「璃璃《りーりー》……」

「差し出がましい真似を、申し訳ありません。大小姐」

璃璃と呼ばれた従者は、押しつけるように、花を蓮華に渡す。蓮華が花を受けとると、璃璃は深々と頭をさげた。

「さあ、まいりましょう」

璃璃にうながされ、玉玲はぎこちなくうなずいた。言い争う気も、従者を咎《とが》めるつもりもないらしい。

「……どうして、私にかまうの……」

ただ、去り際に一言、玉玲の声が聞こえた。

蓮華への言葉だろうか。酷《ひど》く寂しそうだった。

「お節介なんて、言われ慣れてますわ」

蓮華はよくわからない貴婦人と従者を見送り、なんとなくつぶやいた。もう玉玲たちには届いていないだろう。

預かった百合の花束は見事なものだった。ここまで大きくて瑞々《みずみず》しい百合が咲くのは、きちんと品質が管理されている証拠である。身なりがよく、遼博宇の知りあいということは、貴族かもしれない。

「鴻徳妃……その花を、こちらへ。廃棄いたします」

花をながめていた蓮華に、門番が促した。

「なんで？　花くらいええやろ？　もったいない」

門番が花束を拒む理由が、蓮華にはよくわからない。

「あ、不審物かもって話？　爆弾とか、毒針とか……そういう警戒はしてへんかったから、軽率やなぁって思うけど、見た感じたぶん大丈夫――」

「そうではなく……鴻徳妃が主上のお怒りを買ってしまうのではないかと……」

「主上さんの、お怒り？」

なんでやねん。じゃあ、主上さんが命令して、花を供えられへんようにしてたん？

「変なの」

蓮華は百合の花を再度見おろす。

百合は凰朔国において、葬儀の花だ。昔は白い衣も縁起が悪いとされていたらしいが、式典や祭事以外では、キツく注意されなくなった。

あまり祭事に贈る花ではない。

玉玲は、これを後宮の門に供えようとしていた。

なんか意味あるんかな？

三

「なんや、すでにお怒りというか……めっちゃイライラしてますやん」

想定よりも、蓮華が酒宴へ戻るのが遅くなってしまったせいなのか……席についたときには、凰朔国の皇帝陛下、凰亮《おうりょう》天明様は非常に苛立《いらだ》っていた。もちろん、ゴテゴテしていて動きにくそうな、金ピカ刺繍《ししゅう》だらけの衣装が原因ではないだろう。

しかし、装飾に足がついて歩いているとも表現できる重厚な意匠でも、スマートに着こなすのは、さすがのイケメン。スラリと長い手足や、均整のとれた身体つきが、憎らしいほどよく映える。

顔の前に簾《すだれ》を垂らしたみたいな冕冠《べんかん》のせいで、表情があまり見えないが、苛立ちだけはビシバシと伝わってきた。

「遅い」

天明が皇帝に即位して、約二年が経《た》つ。蓮華と出会ってからは、一年と少しか。皇帝としてはヒヨコちゃんだが、為政者らしい妙な威圧感は漂っている。無駄に凄《すご》まれると、さすがの蓮華も愛想笑いが持たない。

「えらいすんません」

蓮華はあいさつもそこそこに席へ座る。仮とはいえ、蓮華は天明の寵妃、一番のお気に入りだ。彼の隣に椅子が用意されていた。

「ほらほら。そないに怒ってたら、男前が台無しですよ。カルシウム足りてます？」

蓮華は誤魔化そうとするが、天明は銀の盃《さかずき》を持つ手をぷるぷる震わせた。

横からだと、冕冠をつけていても、顔がまあまあ確認できる。スッと通った鼻梁《びりょう》のラインや、唇の形が端整で西域の彫刻を彷彿《ほうふつ》させた。茶がかった髪は絹糸の如くサラサラで、シャンプーのCMに起用されてもおかしくない。いや、その前に映画俳優として活躍するのが先か。という妄想がふくらむタイプのお兄ちゃんだ。一時期は、超《スーパー》ひらパー兄さん路線も考えた。

「鴻徳妃がいなくて拗《す》ねていたのですよ」

そう微笑《ほほえ》んだのは、やや離れた席に座した女性だった。

唇や目尻に朱を入れているせいか、キリリとした印象だ。白粉を塗った頬は厚化粧という感じはしないが、年齢をまったく感じさせない。甘い笑顔で愛を囁《ささや》かれたら、コロリと心臓を捧《ささ》げてしまいそう。

皇太后の秀蘭である。前帝の寵愛を受け、正妃の座へのぼりつめた美貌は健在だ。

表向きに、天明は「遊んでばかりいたが、現在は心を入れ替えて政に参加している」という状態。実績を積みあげて、いずれ自然な形で秀蘭から権力を譲り受ける予定となっている。つまり、共同統治に近い。

「拗ねるなどと……後宮に、話が通じる妃がいないのが悪い……」

天明は心底うんざりした表情で反論している。

「そないな言い方せんでも、みんな別嬪さんやないですか」

とくに、正一品の面々は蓮華よりも顔面偏差値が高い。どの妃も、蓮華は天明にオススメできる。

「顔が整っていればいいというものではないのだ！」

蓮華のフォローを一蹴して、天明は盃をダンッと置いた。

「あら……聞き捨てなりません」

けれども、そんな文句を垂れる皇帝の態度に、他の妃が黙っているわけがない。

先陣を切って胸に手を当てたのは、陳夏雪《ちんかせつ》。大貴族、陳家の令嬢にして賢妃の位を持っていた。

「この後宮で、わたくしが一番美しいのは否定しようもございませんが」

夏雪はよく通る声で、朗々と主張した。うんうん、一番かどうかは甲乙つけられへんけど、夏雪もめちゃくちゃ綺麗《きれい》で可愛いもんなぁ！

「蓮華、いいえ、鴻徳妃と一番仲がいいのも、わたくしなのです！　そのわたくしが、せっかく主上よりも、たくさん蓮華のいいところを知っていると言っておりますのに、どうして最後まで聞いてくださらないのですか⁉」

隣で天明が額に手を当てて項垂《うなだ》れた。蓮華も両目をぱちぱち瞬《まばた》かせる。

「夏雪、そないな話……ずっと、主上さんにしてたん……？」

「ええ！　ちょうど、先日のお茶会で興じた『ぐるぐる把兎《ばっと》』という遊戯の話をしていましたのに！　あのあと、蓮華ってば――」

「ああああ！　その話はええんや！」

バットを額に当て、その場で十回転したあとに走るゲームだ。お馴染みぐるぐるバット。「なにか、楽しいことはありませんか？」というリクエストにお応えして、蓮華が妃たちに提案した。

これが見事に、みんなハマってくれて……蓮華は調子にのって、いつもより多く回って三半規管がやられてしまったらしい。最終的に、動けなくなって倒れたのだ。ついでに、飾ってあった壺《つぼ》まで割って、もったいなさで死にたかった。

そんな失敗談を延々としていたのか。と、蓮華は夏雪の言動にため息をつく。

夏雪は貴族らしい思考回路の持ち主で、自分本位な部分がある。蓮華とも、当初は身分の差や価値観のちがいで衝突した。けれども、基本的には一生懸命、自分磨きをするがんばり屋さんだ。ちょっと空回り気味やけど。

「たしかに、顔がよければいいというものではありません」

夏雪の隣で声を発したのは、王仙仙《わんせんせん》だった。淑妃の位にあり、蓮華や夏雪と同じ正一品だ。王家は延州《えんしゅう》を治めており、中央の政治とは縁遠い貴族だったが、天明の治世を支えるため、新たに同盟を結んだ新興勢力である。

「妾《わらわ》たちは、将来の国母《こくも》と成りうるやもしれぬ存在。相応の自覚を持たねばなりませすまい。容姿ばかりを磨いても、よい妃にはなれませぬ」

仙仙は、実に堂々とした振る舞いだ。気丈な表情には、彼女の強い覚悟が見てとれる。しかし、小柄で少女らしい身体つきや、左右で色のちがう瞳は可憐《かれん》でもあった。

「つきましては、主上。ぜひ、その御言葉《みことば》を碑に刻みましょう。後世に残すのです」

「大げさや！」

蓮華はついツッコミを入れてしまう。仙仙はなんでもかんでも、碑にしたがる癖があった。像や廟《びょう》も建てようとする。延州がそういう文化なのだろう。知らんけど。

また天明が暗い顔で頭を抱えていた。

「ずっとこの調子なのだ……」

「安心してや。全員、主上さんの奥さんです」

「安心できるか！」

「キレのあるツッコミ、いただきました！」

とはいえ、困った。

天明にとって、蓮華は仮の寵妃。きちんとした、本物の寵妃を作ってもらわなければならない。なんと言っても、世継ぎがかかっている。国の運命を左右する問題だ。

あんまりにも女遊びがすぎるのは駄目だが、世継ぎがいないと後々困る。そのために、蓮華はなんとしても、天明と他の妃の仲を取り持ちたかった。

「主上さん。選《え》り好みせんと、バシッとお世継ぎ頼みます」

「いや、無理だろう。この惨状だぞ。消去法でお前しか残らない……」

なに血迷ってはるんやろか、この人。蓮華は、ポンポンッと肩を叩いて、お酌をした。天明も妙なことを口走った自覚があるのか、「いや、今のは……ちがう」と、真っ青な顔で否定する。わかっとるで。どんまいや。

「あたくし、鴻徳妃と主上はお似合いだと思いますよ」

そう口にしたのは、四人目の正一品——劉天藍《りゅうてんらん》だった。蓮華にとっては、劉貴妃という呼称のほうが馴染む。

正一品の中でも、一番年上でお姉さんのような存在だ。器量がよく、臨機応変になんでもこなす。もちろん、他の妃に引けをとらない美人である。

蓮華は、夏雪や仙仙に対しては、気軽に名前を呼んでいた。しかし、彼女だけはつきあいが長くなってきた現在でも、「劉貴妃」と言ってしまう。そっちのほうが、雰囲気的に似合っているのだ。

「鴻徳妃が主上のお相手をしてくださるので、あたくしはじっくりと野球に打ち込めますもの」

劉貴妃は人好きのする笑みでサラリと述べる。あまりにサラリとしていたので、ツルンッと聞き流しそうだった。

劉貴妃は柔軟で器量よしだが、同時に好奇心旺盛だ。そして、これと決めたら、敵を倒すために手を尽くす策士でもある。劉家は名のある将軍を輩出し続ける名門で、彼女にもその血が濃く流れていた。

もっとも、劉貴妃がただいま本気を出しているのは軍事でも、後宮での権力争いでもなく……野球なのだが。

数ヶ月前に大宴で披露した野球の試合をきっかけに、劉貴妃の本性が顕《あらわ》れた。劉貴妃は桂花燕団《けいか・すわろーず》の監督兼捕手《キャッチャー》をつとめ、蓮華のチームをギリギリまで追いつめたのである。それ以来、劉貴妃は野球にかける執念を隠さなくなった。

「鴻徳妃が御子《みこ》を作ってくだされば、しばらくは野球から退かねばなりませんでしょ。そうなれば、敵が減りますから」

「ほんまサラッと、エグいこと言うやん。普通、逆やろ」

ツッコミを入れる蓮華の隣で、天明が……また暗い顔をしている。

蓮華も息をつく。これでは、天明の寵妃探しが進まない。

「みんな、主上さんに興味なさすぎやろ。こないなイケメンで、しかも、皇帝陛下やのに……主上さんの押しが足りへんのちゃいます？」

「この期に及んでも、お前は俺に非があると……？」

「せやかて、いざ迫られたら、みんなきっとキャーキャー言いますよ？」

「迫られたら、なぁ……」

蓮華のアドバイスは的外れとでも言いたいのだろうか。天明は煮え切らない様子で宙を仰ぎはじめる。

「ほらぁ、秀蘭様もなんか言うてください～」

天明を説得してもらおうと、蓮華は秀蘭にパスを投げることにする。

だが、蓮華のネタふりに、秀蘭は黙ったままだった。蓮華は愛想笑いを貼りつけたまま、秀蘭の表情をうかがい見る。

天明を挟んだ向こう側に、秀蘭は座っていた。しかし、その視線は蓮華に向けられていない。天明や、周囲の妃でもなかった。

秀蘭の横顔は鋭い刃《やいば》のようだ。触れただけで怪我《けが》をしそうな敵意が滲《にじ》み出ている。

ゾッとした。

蓮華は秀蘭が注目するほうを見る。酒宴に、遅れてやってきた者がいたようだ。

「あ、さっきの……?」

まるで儚い花を連想させる女性――玉玲だった。従者を伴って、席につこうとしている。やはり、酒宴に出席できる立場、つまり身分の高い貴族だったのだ。

そういえば、名前は遼博宇が呼んでいたので知れたが、姓を聞いていない。

「――齊《さい》玉玲」

小さくつぶやかれた名にも、強い感情が込められていた。

齊……齊氏……蓮華は聞き覚えのある名を、頭の中でくり返す。たしか、遼家と同じく古い貴族で、やっぱり反秀蘭派に属する。そして――。

「誰が齊貴妃の出席を許したのかしら。面《つら》の皮が厚い」

蓮華が答えに辿《たど》りつく前に、秀蘭が口にする。

齊貴妃は、前帝の時代での呼び方だ。秀蘭にはこちらのほうが馴染みやすいのだろう。先代の皇帝、典嶺《てんれい》の後宮で貴妃だった女性。齊家の娘……天明の兄、最黎《さいれい》皇子の母だった。

そして、幼い天明の毒殺を企《くわだ》てたことがある。

「主上さん……」

天明を確認すると、唇を引き結んで表情を曇らせていた。怒りとも、憐憫《れんびん》とも呼べぬ色を浮かべながら、齊玉玲の姿をとらえている。

「玉玲さんが……齊貴妃……？」

毒殺は結局、未遂に終わっているが、あの事件で天明は親しかった毒味役に裏切られ、人間不信に陥った。天明が無能のふりをして、政務から遠ざかる原因を作った出来事でもある。

毒殺未遂事件は、ほかならぬ最黎皇子によって隠蔽された。ゆえに、齊玉玲の犯行を知る者は少ないが、齊玉玲が天明を殺そうとしたのには変わりない。我が子、最黎を帝位に就けるためだ。秀蘭や天明にとっては、紛れもない敵だろう。

「でも、後宮のお妃やったんでしょう？　皇帝が崩御したら、妃はみんな尼寺に入るって聞きましたけど……」

「齊家ほどの家柄なら、なんとでもなる。遼家との繫がりも深いからな」

蓮華は後宮入りの際に説明された基本事項を確認しようとしたが、天明は軽く否定した。お貴族様特権はフリーダム。ズルいわー。

「それより、お前はあれを知っていたのか」

天明に問われ、蓮華はたじろぐ。これは質問ではない。「言え」と命令されている。隠す必要を感じられなかったので、蓮華はさきほど、門で起きたことを包み隠さず話す。その間、天明は感情を殺した顔をしていた。

「やはり、また来たのか……預かった花は捨てろ。関わるな」

天明は短く指示をして、蓮華から目をそらした。

「また？　前にも、来はったんですか？」

「ああ、そうだ。齊玉玲は、昨年の建国祭でも同じことをした」

さきほど、門番たちが「主上のお怒りを買ってしまう」と言っていた意味が、蓮華にもわかってくる。

玉玲は昨年の建国祭にも、花を供えた。それが天明の耳に入り、今年は門番たちに、追い返すよう命じていたのだ。だから、門番は彼女の花を拒んでいた。

しかし、蓮華は考える。

どうして、玉玲は花を供えようとするのだろう。

後宮の門なら、ほかにもある。とくに、表門は建国祭でなくとも、部外者が行くことはできる。通してもらえないだろうが、花を供えるのが目的ならば問題ない。

それに、玉玲が手にしていたのは、百合の花だ。

一般的には、葬儀に使用する花。死者に手向ける花である。

玉玲は、誰に花を――。

「くれぐれも、いつもの要《い》らぬお節介を焼こうと思うな。お人好《ひとよ》し」

つい考えを巡らせる蓮華に、天明が釘《くぎ》を刺す。

「要らんお節介かどうかは、うちが決めますけど……あの人、そんなに悪い人には見えへんし」

「関わるな。悪事を働くのは、悪人ばかりではない」

今度は強めに言い切られた。天明の口調がはっきりとしており、蓮華は尻込みする。

玉玲は昔、天明に毒を盛った。

けれども、蓮華は見てしまったのだ。

遼博宇の声に怯える玉玲の顔を。そして、彼女が花を供えようとする姿を。

自分の子を帝位に就けるため、天明を毒殺しようとした悪女――なのに、蓮華にとっては、どうしてもイメージがズレる。

お節介。お人好し。たぶん、天明の忠告は正しい。

以前にも――星霞を信じた蓮華はお人好しで、馬鹿だったのだ。彼女は敵だと、周りから忠告された。それでも、蓮華は星霞と仲よくできると思っていた。

結局、蓮華は星霞から裏切られた。

だからあのとき、まちがっていたのは蓮華だ。

今回だって、同じようになるかもしれない。

でも、胸に引っかかる後悔の正体は――星霞とわかりあえなかった。もっと、話をしたかった。とことん最後まで、向きあえばよかった。

玉玲を見ていると、あのときの後悔を思い出す。

すごく、胸の奥がむかむかとした。

うめだ　大阪マダム、あるある探検隊！

一

娘がおかしくなってから三年。

鴻柳嗣は、我が子について思い起こす。

蓮華が十四歳の時分、高熱で倒れて生死の境を彷徨《さまよ》ったことに端を発する。あのときは、愛娘《まなむすめ》を失うかと気が気でなかったが……いや、結果的には失ったのかもしれない。なにしろ、回復した蓮華は、柳嗣が知っていた娘とは人がまったく変わってしまったのだから。

それまでの蓮華は物静かで大人しく、あまり自己主張をしない娘だった。けれども、その後の蓮華は、活発に動き回り、明るく周囲を笑顔にする娘になった。口から出てくる妙な訛《なま》りも、どこで覚えたのやら。

無論、最初は困惑した。

だが、それ以上に柳嗣は嬉しい。蓮華は柳嗣に似ず、か弱い娘だったが、元気に活動するようになり、しかも、柳嗣も目を見張る商才を発揮しだしたのである。

なにより、蓮華は目立つ。誰よりも派手に行動し、そして、人目を厭《いと》わない。注目されるのを恐れる者は多いが、そのような臆病者に、商売の神は微笑まぬのだ。

これでこそ、我が娘!

蓮華を後宮へやるのは、鴻家の中でも賛否がわかれた。しかし、結果的に柳嗣は賭けに勝ったのである。蓮華は柳嗣の目論見《もくろみ》通りに、後宮で活躍していた。皇帝の御《み》心《こころ》を見事射止めて徳妃の位を獲得している。さらに、先の大宴での野球という遊戯でも、大いに目立っていた。

そして、本日。ついに鴻柳嗣に、朝議へのお呼びがかかった。

娘が後宮で地位をあげたことによって、柳嗣も政に本格参加するときがきたのだ。これで要職に就き、功績を残せば領地を賜れる……つまり、貴族の仲間入りという算段だ。蓮華を後宮に入れて、本当によかった。

鴻柳嗣は商売に成功し、一代で鴻家を「凰朔随一の豪商」と言わしめた男である。ここで貴族の位を得て、鴻家の栄華を子孫まで続くものにしたい。

それに、なんと言っても……貴族となれば、節税になる!

庶民階級では、いくら儲《もう》けていても重税を課せられ、持っていかれてしまう。だが、貴族となれば、税は形ばかりの制度と化す。こんな不公平があってたまるか。皇帝は税収を見直す方針を出しているが、すぐには変えられないだろう。私は貴族になりたい！

柳嗣は商売人である。狡賢《ずるがしこ》いと言われるのは慣れていた。娘を後宮に入れ、利用したと後ろ指をさされようと――。

「鴻柳嗣」

廟堂に柳嗣の名が響き渡った。

若いが、重々しい空気をまとった声だ。覇気があり、聞くだけで圧倒される。一段高く置かれた玉座、そこに座する皇帝――天明はまだ齢《よわい》十九。昨年までは政務にまるで興味を示さず、実権は皇太后の秀蘭がにぎっていた。しかし、今では改心したという話だ……もちろん、これも我が娘、蓮華の功績である！　本人の文《ふみ》では、柄にもなく謙遜しているが、なんとも誇らしい。

もっと年相応の頼りない若造が座しているものと思ったが、存外、雰囲気はある。なにより、顔が整っていて華やかなのが好ましい。佳人の娘にも相応《ふさわ》しいだろう。政の評価が下されるのは、これからだろうが――これは暗君であっても、明君であっても、きっと目立つ器だ。歴史に名を残すにまちがいない。つまり、派手！

派手なのはいい。目立つのは素晴らしい。なんと言っても、名が残る。柳嗣の最も重視する要素だった。

「はッッ！」

柳嗣は両手をあわせ、礼をとった。少しばかり気合いを入れすぎただろうか。声が幾重《いくえ》にも廟堂に木霊し、誰もがこちらに視線を向けている。ははは、また目立ってしまったようだ。さすがは、私。

粗相をしないよう注意を払いながら、柳嗣は最前列へと進み出る。

朝議の場は、会議ではない。すでに決まった法を、皇帝が勅令として発する。また、なんらかの報告や報奨を言い渡す場でもあった。

この日は、新しく登用される官吏の役職が告げられる予定だ。

すなわち、柳嗣がついに官吏の職を得る。

まだ役職は聞いていないが、皇帝は現在、延州の堤防建設事業に力を入れていた。そこから政の評価を得て、皇太后から実権を譲り受ける算段というのは馬鹿でもわかることだ。柳嗣は新興勢力として、皇帝の側につくのが期待されていた。

順当に行けば、土木などの公共事業を管轄する工部《こうぶ》の役職だろう。それとも、商人であるのが評価され、財政を管理する戸部《こぶ》か。地位は長官職に当たる尚書《しょうしょ》か、次官の侍郎《じろう》か。

並んだ者どもから浴びせられる視線を一身に受けながら、柳嗣は夢想する。見える。順調に出世し、栄華を極める鴻家の姿が。そして、最高に目立つ己の姿が。今も、みながが柳嗣に注目していて気持ちがいい。

無論、悪評を囁く者もいるが、無関心には勝る。なんにしたって、目立つのは好機なのだ。注目を集めるのは損ではない。柳嗣はこれまで、必ず注目を勝機に変えてきた。単純に、みなが自分を意識していると考えるのも気持ちがいい。

「鴻柳嗣。本日付で、礼部《れいぶ》尚書に任命する」

皇帝からの命を聞き、柳嗣は深く頭をさげる。

が、数秒後に表情が固まった。

「は……？」

聞き間違えか。柳嗣は再び、皇帝の玉座を仰ぎ見た。

「礼部、ですか……？」

礼部尚書。尚書は長官職であり、柳嗣の目論見通りの地位だ。

しかし……礼部？

二

その日、鴻柳嗣は早速、娘に文を出したのだった。

という内容の手紙を読み終えて、鴻蓮華は目をパチクリさせた。

「え？　礼部って？　お父ちゃん、礼部の偉い人になったん？」

思わず、声に出して三度読み返したが、読みちがえはない。柳嗣はしっかりと「礼部尚書に任命されてしまった」と書いている。

礼部は、国の教育、祭祀《さいし》などを司《つかさど》る部署だ。あとは官吏登用制度の整備など……総務職の、もうちょっと儀式寄り？

てっきり、父は別の部へ配属されると思っていた。これは、びっくり。

「お父ちゃんに、仕事つとまるんやろか……あんま向いてへんと思うんやけど」

言い方は悪いが、柳嗣にガチの政治は向いていない。蓮華の評価では、父は商売人であって、政治家ではなかった。それは本人にもわかっているだろう。鴻家のために、貴族の末席に加わっておきたい一心なのだ。あと、目立ちたい。

だから、金勘定をさせる目的で財政担当の戸部か、大がかりな堤防事業にのり出している工部への配属を予想していた。なのに、蓋を開ければ、礼部である。しかも、尚書。礼部でいっちゃん偉い人だ。

「まあ……お父ちゃん、目立ちたがり屋やから、式典担当したらめちゃめちゃ派手にしてくれるやろうけど？」

蓮華は首を何度もひねりながら、柳嗣からの手紙を机に置く。

「お前はぶつぶつと……芙蓉殿《ここ》へ来てまで、政の話はしたくないと言っておいたではないか」

蓮華が柳嗣への返事に悩んでいる最中、うしろから不機嫌そうなつぶやきが聞こえる。はっとしてふり返ると、寝所で天明が起きあがるところだった。

もちろん、夜伽《よとぎ》などという甘いものではない。

天明に本命の寵妃ができるまで、寝所をレンタルしているだけだ。天明は今日も疲れていたようで、芙蓉殿へやってくるなり、倒れるように眠っていた。起こしてしまったみたいだ。

「えらいすんません。独り言がうるさかったですかね？」

「お前が五月蠅《うるさ》くない瞬間はないからな」

天明は眠そうにあくびをしながら、枕を抱きしめる。特注品のたこ焼き形クッションだ。やわらかさと弾力、肌触りにこだわり抜いた一級品である。天明は、これをいたく気に入っており、「人を駄目にするたこ焼き形クッション」となっていた。

「お父ちゃんの手紙読んでたら、つい。主上さんが人事考えたんですか？」

「だから、そういう話はお前としたくないと言っている」

天明はプイッとそらした顔を、クッションに埋める。

「ほな、あとで颯馬《そうま》に聞きます」

「……あいつにばかり聞かれるのも癪だな」

天明は渋々といった表情で、顔をあげる。クッションを手放さないので、よほど気に入っているのだろう。それ、うちのやのに。

「お前は、鴻柳嗣に政ができると思うのか」

「いえ……それは、まあ……あんまり得意分野やないですね。知らんけど」

ぶっちゃけ、柳嗣が礼部尚書などというお偉い役職に就けるのは、蓮華のおかげだ。完璧に外戚パワー盛り盛りの縁故採用である。

今はまかりとおっているが、これからは官吏登用制が整えられていく予定だ。今後はこういうズルはできなくなるだろう。閉店セールに駆け込んだ状態だ。セーフ！

「あれは飾りとなってもらう。あの男は、飾られるのを厭わぬ性分だろう？」

「派手好きで目立ちたがり屋なのは否定しませんし、たぶん、本人も政治にはそこまでこだわってないというか……ぶっちゃけ、興味あらへんのやないですかね」

柳嗣の目的は、あくまでも偉くなって貴族の席をもらうこと。それも、自分の商いに有利な特権を得るためだ。

蓮華は父の性質をよく理解していたが……天明がそこまで見ているとは思っていなかった。たしかに、鴻柳嗣という男は、「お飾りにピッタリ」だ。

「侍郎につけたのは、李舜巴《りしゅんは》という男だ。これはそうとうなやり手だが、家柄が悪すぎる。今の宮廷では尚書につけられないのだ」

なるほど、理解した。その李舜巴を活躍させるための人事だ。そこまで説明されると、蓮華も父の処遇に納得がいった。

それに、柳嗣からの手紙を見る限り、「部署には納得がいかないが、希望通りの人事となった。めっちゃ嬉しい」と意訳でき、不満はあまりないようだった。天明の采配はまちがっていない。

「それから――いや、これはいい。言わぬ」

天明はなにかをつけ加えようとしたが、わざとらしく蓮華から目をそらした。なんやねん。ツッコミ入れてってフリやろ、それ。

「言うてください。うち、わかりませーん」

「白々しい。もっと可愛げのある言い方はできぬのか。色気がない」

「うちにお色気担当は無茶やろ」

前世では、彼氏いない歴イコール年齢であった。そりゃあ、好きな男の一人や二人おったけど……たいてい、「お前のノリに、ついていけへん……」とフラれてしまった。きっと蓮華には、色気も恋愛の素質もない。

それでも、天明から「可愛げ」を求められたので、蓮華は思案する。なんか、ボケといたほうがええやろ。

「カモ～ン」

「わかった、黙れ」

やっぱ、山田花子《やまだはなこ》は通じへんか。

天明は頭が痛そうに指で眉間をもんでいたが、あきらめたらしい。

「礼部が管轄する教育は、お前が口を出したい分野ではないのか」

「え?」

蓮華はパシパシと目を開閉させた。

「読み書きばかりではない。娯楽や文化事業も内包している」

教育と言ってしまうと、つい学校や試験を思い浮かべる。実際、礼部は人事や官吏登用制度も管轄するので、そっちの方面が色濃い。

だが、教育とは、音楽や式典、演劇など、民草《たみぐさ》の文化的な素養を育てる分野も含まれる。つまり、礼部は国を豊かにするための部署なのだ。

蓮華は、この凰朔を生きやすい国にしたい。階級社会や身分制度を緩和して、風通しのいい国へと発展させたかった。その思いは、天明と同じだと信じている。

後宮で野球をやっているのだって、自分が楽しみたいだけではない。野球を通じて、身分に対する意識をなくしていきたかった。実際、朱燐のような貧民層出身の選手が育っているし、人気もある。貴族と庶民が同じ舞台で活躍し、互いに尊重しあう姿は、周囲の空気を変えつつあった。

そういう風潮を、もっともっと広めたい。後宮の外にも……この国全体に！

蓮華の理想を達成するためには、たしかに、柳嗣の礼部配属は好都合だった。国の文化事業を主導できるのだから。

「端的に言うと、うちもお父ちゃんを影から操っていいってことですか！」

「もっと包み隠せ……お前はお節介に首を突っ込みすぎるからな。だが、大宴以来、野球とやらも好評だし、少しくらいは……」

「主上さん、頭いい！　好き！」

蓮華はパァッと笑みを浮かべて、柳嗣への返事を書こうと筆を執る。うしろから、ため息が聞こえた気がするが、いつものことだ。

まずは、お祝いの言葉と、野球について。野球はめっちゃ目立ちますよってアピールしておけば、柳嗣も動いてくれるだろう。後宮リーグ、略してコ・リーグの設立も正式に決まったところだ。この勢いで、後宮の外にもドシドシ布教していきたい。

あと……ふと、蓮華の脳裏に影が浮かぶ。

齊玉玲。

どうして、柳嗣への返事を書きながら、玉玲の顔を思い出したのだろう。天明からは関わるなと言われている。けれども、頭から離れない。

建国祭で預かった百合の花は、芙蓉殿に飾ってある。

玉玲は、幼い天明に毒を盛った。その事実を疑う気はない。

しかし……あの建国祭で花を供えようとした女性と、子供を毒殺しようとした悪女。イメージにズレがある。

実際の玉玲と、過去の事件がピッタリと結びつかない。もちろん、前帝の時代、後宮ではドロドロとした政治劇が繰り広げられていたのは知っている。

この世界では、前世で暮らした日本よりも命の価値が軽い。不平等で、不公平で、理不尽で、裏表が存在していた。

印象だけで人間を語れないのは、わかっている。

せやけど……。

どうせなら、みんなが仲よく笑えるようになりたいなぁ……。

「野球もかまわんが、もっと文化的で教養の啓蒙となる事業もしたい。全部がお前の好きにはさせないからな。そこは、弁《わきま》えてくれよ」

「わかってますって。でも、文化的って、例えばなんですか？」

健康で文化的な最低限度の生活は、日本国憲法でも保障されている。なるほど、なるほど。その点、野球は健康作りにも寄与する文化事業なので、天明的にはオッケーなのだろう。

しかし、野球以外……うーん。文化的の概念がわからへん。

「音楽や文学、あとは、そうだな……演劇などか」

「演劇ですか……舞台ですね？」

舞台。そう、舞台。

その瞬間、蓮華の頭にパッと明かりが灯《と》った。ピンポーン！　これや！

「舞台！　それ、ええやないですか！　主上さん、うち舞台大好きですわ！」

蓮華が叫ぶと、天明は意外そうな表情を浮かべる。

「お前にも、真っ当な趣味があったのだな!?」

珍しく天明が蓮華のほうへ身をのり出した。

「えらい失礼な気ぃしますけど、褒められてます？」

「褒めているぞ。お前に舞台鑑賞などという、真っ当な趣味があるとは思っていなかった……歌劇か？　演劇か？」

まるで人を珍獣みたいに！

蓮華は、ぷくっと頬をふくらませて、人差し指をビシッと立てる。

「新喜劇です」

「…………は？」

バシッと言ってやった瞬間、天明の顔が固まった。

たしかに、凰朔には西域の影響で、歌劇や演劇の文化が芽生えはじめていた。流行りの演目くらいなら、蓮華も知っている。上流階級のたしなみ、というヤツだろう。

しかし、蓮華が好きな舞台は、それらとは異なる。

「そうや。新喜劇しましょう！　凰朔グランド花月《かげつ》、作りましょう！」

「な、なんだ、倶蘭留《ぐらんど》？　か、花月？　新……喜劇……？」

「せやけど、新喜劇はお約束がいっぱいあるから……見る側の素養も必要やねん。まだまだ、みんなに笑いの教養が足りへん……ある程度の下地を育てなあかん……」

「だから、独りでなにを言っているのだ……」

「というわけで！　主上さん！　まずは漫才がしたいです！」

独り言で、セルフ解決！　すっきり！

明るい国作りには、笑いが必要や！

「義務教育に漫才入れましょう！」

「ぎ、義務教育？　漫才？　お前はまた、わけのわからぬ……」

さすがに、義務教育に漫才は冗談だが、蓮華は袖をまくって気合いを示す。

漫才、やるで！

三

善は急げだ。

もちろん、蓮華の発言力が及ぶ範囲は限られている。なにごとも、はじめる場合は、後宮の頂点《トップ》。つまり、徳妃、賢妃、貴妃、淑妃から成る正一品の面子《メンツ》から広めるようにしていた。そのほうが、この後宮では流行が伝播《でんぱ》しやすい。

正式に設立が決まったコ・リーグも、最初は正一品の面々がキャッチボールをはじめたところから広がった。

「なるほど、文化事業ですか」

賢妃、陳夏雪が上等な茶器を卓に置く。

本日の茶会は、彼女が主催だった。数日に一回、正一品の面々は主催を交替しながら茶会を開く。茶会と言っても、タコパだったり、お遊戯会だったり、コ・リーグの会合だったり。お茶ばっかり飲んでいるわけではない。

夏雪は貴族らしい考え方の持ち主だ。蓮華の提案を聞き、やや渋い表情を浮かべていたけれども、やがて胸に手を当てる。

「蓮華が言うのなら、やりましょう。漫才。ご安心ください。わたくし、誰よりも一番上手に〝突っ込み〟を演じてみせますわ！」

「いや、夏雪はツッコミというより、ボケやないんかな……」

ツッコミとボケには向き不向きがある。夏雪はどちらかというと、ボケ適性が高いように思えるのだが……ま、やってみてから決めよ。

「なるほど。文化を育み、民衆を笑顔にする。これこそ、国母のつとめでしょう。妾も協力いたします。鴻徳妃は民草への慈愛に満ちた素晴らしい女性……この偉業を為《な》し得たあかつきには、ぜひ――」

「碑文は、ええから」

「なんと。では、像を――」

「それも、ええわ！　大袈裟《おおげさ》や！」

仙仙が最後まで述べる前に、蓮華はツッコミを入れた。なんでもかんでも、すぐ碑を建てたがるので、仙仙のボケは一本調子で読みやすい。

少し離れた位置で、侍女の傑《けつ》がため息をついていた。

王仙仙は、都から離れた延州から遥々《はるばる》やってきて、後宮へ入ったお姫様だ。王家と皇帝の結びつきは、遼博宇をはじめとした旧体制を望む貴族らには目障りだった。そのため、仙仙は命を狙われることもある。

そんな仙仙を支えようと、ついてきたのが傑だ。後宮へ入った当初、傑が仙仙に、仙仙が傑に入れ替わっていた。

しかし、仙仙は責任感が強い娘だ。自分の代わりに傑の身が危険にさらされたのをきっかけに、入れ替わりをやめた。現在、二人は自らを偽らず、本来の身の上で生活している。

「みんな協力してくれはるんやね」

当然のように、「自分たちが漫才をやるのだ」という空気になっている。冷静に考えれば、貴族のお嬢様たちが漫才ってなんやねんって感じだが、蓮華は内心で安心した。彼女たちに受け入れてもらえないと、今後のハードルがグンッとあがってしまう。

「ええ、もちろん。あたくしもそこそこ努力しますよ。面白そうですもの。みなさまが漫才に熱を入れて、野球を疎《おろそ》かにしてくださったら、尚良《なお》しです」

サラリとエグいこと言うのは、劉貴妃だ。彼女は器用な性分なので、なんでもソツがない。野球と漫才のダブルタスクくらいなら、難なくこなすだろう。一番、漫才をしている姿が浮かびにくい妃ではあるが……。

「ちょうどいい日程で、主上の降誕祭がございますし。妃たちがなにかしたいと申し出れば、きっと秀蘭様が承認してくださいます」

劉貴妃は甘やかに笑いながら提案する。

たしかに、都合がいい。劇場施設の確保が必要なので、そこは相談しなければならないが……また天明が暗い顔をしそうだ。

降誕祭は、誕生祭。つまり、皇帝の誕生日を祝う祭りだ。

皇帝は天子、いわゆる、神様と同義に扱われる。ゆえに、その誕生日となれば盛大に祝われるのが慣例だ。

建国祭ほど大規模なお祭りではないが、前夜祭と後夜祭をあわせて三日間、祝賀の行事がある。前日に都でのパレードやイベント。当日は宮廷での儀礼。三日目は貴族たちの酒宴だ。一般庶民には一日目しか関係がないので、蓮華も後宮に入るまでは一日だけの祭りだと思っていた。

その場なら、庶民にも向けた漫才舞台を披露できるはずだ。

蓮華は即座に、日程を逆算してプランを頭の中で練りはじめる。

「それで、蓮華。わたくしたちは、なにを準備すればいいのかしら?」

夏雪には、漫才舞台のイメージがついていないようだ。

凰朔で現在、親しまれている舞台は、演劇や歌劇である。西域の影響を受けたものから、凰朔の古典芸能と呼べるものまであった。しかし、主流は悲劇で、喜劇の脚本は、ほとんど見たことがない。

「普段の蓮華みたいに、面白いことを言いつづければいいの?」

「生き様が漫才みたいに言われた気がしたけど、それは置いといて」

ま、カーネル・サンダースの身代わりに道頓堀へ落ちて死んだ人生やし、まちがいはないんやけどな！

「漫才はコンビ、いや、二人組が基本。筋書き作って、ボケとツッコミの役割を、それぞれ演じるんや」

蓮華と普段から会話している面々は、ボケやツッコミについて、ふわっと認識しているだろう。だが、ここではあえて、ていねいに説明していく。

「ボケとツッコミっちゅうんは、例えば……えーっと。はい、この続きは陽珊が説明します！」

「なんでやねん！　ご自分でしてくださ――はっ!?」

蓮華が急にネタを振ると、部屋の隅でひかえていた侍女の陽珊がツッコミを入れる。

途中で蓮華にのせられていると気づいたが、なかなかキレのあるツッコミだった。

「蓮華様のせいです……蓮華様のせいです……蓮華様の珍妙な言葉がうつってしまいました……！　どうしてくれるのですか！」

陽珊は悔しそうにしているが、もうこれはどうしようもない。蓮華の世話役をしているせいで、大阪が伝染してしまったのだ。

今の陽珊は、ネタを振れば即座に反応するし、金勘定に敏感で、関西弁の訛りもマスターしつつある。清く正しい大阪マダムへの階段をのぼっていた。

こうなれば、性《さが》や。大阪人は、サクッとうつるからな。

「というわけで、今のがボケとツッコミや。これを、台本用意してみんなの前で披露するのが漫才やで」

簡単に説明するが、漫才は一筋縄ではいかない。人を笑わせるためには、計算されたネタを練らなければならなかった。教養とセンスが問われる。

「漫才は空気が大事や。お客さんの心を一瞬でつかまなあかん。他人の考えた台本を棒読みしたって、なんもおもろない」

蓮華が作った台本を、それぞれに演じてもらっても駄目だ。漫才には演技力と説得力、そして、共感が必要である。

「漫才の基本は共感を得ること。これが一番、強い。あるあるネタで攻めたいねん」

共感は観客の心をつかみやすい。武器にしない手はなかった。

けれども、ここにいる面子は貴族ばかりの上流階級。蓮華だって、豪商の娘で、一般的な庶民感覚とは言いがたい。

庶民向け漫才なのに、蝶《ちょう》よ花よと育てられたお嬢様のネタをやったって、しょーもない。共感を得るのはむずかしいだろう。

だから、蓮華は提案したい。

「凰朔の庶民あるある、研究しよか！」

蓮華は朗々と言い放つ。

が、一同は「なんのことですか……？」と、首を傾《かし》げていた。

四

凰朔の都、梅安。

内陸国である凰朔には海がない。しかし、陸の交易路における中継地点と呼ばれ、様々な国とのやりとりがある。長い長い交易路を遥々やってきた西域の商人たちが闊《かっ》歩《ぽ》し、異文化の風も吹いている。また、城壁の北側には運河も流れていた。

都は碁盤の目になるよう造られており、皇帝の御座《おわ》す宮城を中心に、寸分の狂いなく区画整備されている。そのため、大通りの端に立つと、遥か向こう側の城壁まで見通せてしまう。

都の中心部は内城と呼ばれ、貴族や裕福な庶民層が住んでいた。外側は、外城と呼ばれている。梅安では、居住区が外側にあるほど貧しく、治安が悪い。

「はー……シャバの空気は美味いわ！」

蓮華は久々に市井の空気を吸い込んで、軽く笑った。

馬車から降り立ったのは、外城の目抜き通りだ。

目の前に延びる道には、商業店舗が並んでいる。しかし、今見えているのは店の入り口ではない。都市部の街路によくある光景だ。店からあふれた商品が、外の道にまで置かれている。さらに、雨風を避けるため、簡易的な屋根や小屋まで建てられていた。そのせいで、本来、広いはずの道は二本や三本に分断され、狭く雑多な様相となっている。

並ぶ商品も、実に様々。庶民が使用する日用品から、西域の高価な装飾品、野菜や肉などなど。内陸国なので、魚介は川魚や乾物が多かった。

蓮華が後宮に入ってから、二年近くが経つ。建国祭では民衆の出入りする広場へも出向いたが、こうやって街を歩くと、新鮮な気持ちになった。

後宮の妃は、原則、外へは出られない。高い城壁の中で、籠《かご》に囚《とら》われた小鳥みたいに暮らしている。

だが、後宮の壁を越え、宮廷を出て、外城へ来ると、こんなに近くで人々が暮らしを営んでいる。この辺りは、まだ中流階級の庶民が住んでおり、治安も比較的いい。

「秀蘭様が許可してくれて、ほんまよかった」

秀蘭が「護衛つき」という条件で、特別に許可をくれたのである。蓮華としても、貴族の妃たちを市井にそのまま放り込むつもりはなかったので、護衛つきの条件はむしろありがたい。

ちなみに、天明からはNGが出ていたが、そこは共同統治。まだまだ秀蘭の力が強い。たぶん、秀蘭は漫才が見たいのだと思う。野球観戦にも、すっかりハマっていた。うちが言うのもなんやけど……秀蘭様が許可しまくるせいで、後宮がどんどんガバガバになってる気ぃするわ。

「ま、ええか。細かいことは気にせんとこ」

蓮華は馬車からおりてくる面々を見る。

今回は、漫才のために「凰朔の庶民あるあるネタを探しましょう」というのが目的だ。なので、面子は正一品である。夏雪が一番に馬車をおり、劉貴妃が続いた。

全員を一気に連れていくのは、警備の関係で好ましくない。また、お忍びで研究するという目的の達成もむずかしくなる。仙仙は、機会をわけることにした。

「あいかわらず、この辺りは騒々しいな！」

と、周囲の騒がしさを上回る大声が聞こえる。蓮華は思わず、肩をビクリと揺らして耳をふさいだ。

護衛の人間は、劉貴妃の紹介だった。

「お兄様のほうが騒々しくってよ」

劉貴妃が兄と呼ぶのは、劉清藍《せいらん》。劉家の若き当主にして、凰朔の軍事を支える武人だ。禁軍、いわゆる皇帝直属の近衛隊《このえ》。その総帥《そうすい》を賜っている。

　上背があり、長い四肢には服を着ていてもわかるほど筋肉がついていた。キラキラしたイケメンではないが、顔の雰囲気は劉貴妃と似ており、なかなか端整だ。天明と歳《とし》が近いのに、これで総帥とは恐れ入る。

　体格だけで判断すると、四番《よばん》打者の気配がした。豪腕で、無理やり球をスタンドにブチ込む助《すけ》っ人《と》外国人の風格がある。つまり、バースの素質ありっちゅうことや！

バース二世という煽《あお》り文句は、禁句やけど。

「主上にも、よく褒められるのだ！」

　ただ……めちゃ声がでかい。蓮華が言えたことではないが、気を抜くと鼓膜を破られそうだ。野球場では役立つが、今は耳をふさぎたくなってしまう。

「それ、絶対主上さんは褒めてへんと思いますよ」

「主上は奥ゆかしいですからな！」

　あれを奥ゆかしいと表現するのは、なんかちゃうけどな。

　禁軍の総帥ともなると、めっちゃ忙しいのは蓮華にだってわかる。そんな偉い役職の将軍様が、妹の頼みとは言え、ホイホイ護衛してくれるのは贅沢《ぜいたく》な話だ。もちろん、清藍だけではなく、街のそこかしこに兵が隠れて見守っているらしい。

「まあ……ええわ。こっちです。お店で陽珊も待っとるはずや」

気をとりなおして、蓮華はみんなを案内する。

闇雲に庶民あるあるを探すわけではない。

蓮華は後宮へ入る前、鴻家の飲食店を一つまかされていた。当時の鴻家は、外城に出店するのが初めてで上手《うま》くいかず、赤字を抱えすぎたため再起不能とされていた店舗だ。しかし、蓮華が大幅なテコ入れをしたことで、売り上げがV字回復。現在は、鴻家の持つ店の中でも、なかなかの業績を誇っている。

今回は、その店舗で研修を行う。

お妃様たちに、初めての「お仕事」をしていただくのだ。

「ふうん……いろいろあるのね。あ、蓮華。あれはなんですか！　粉もんですか！」

しかし、街を歩いている間は、遠足ムードだった。

夏雪が商店の品々を指さして笑顔を作る。彼女は市井に出るのが初めてだ。庶民を装った服装もよく似合っている。

「え？　あれは、お餅やで……粉もんっちゃ、粉もんや」

夏雪が示したのは、露店に積まれた「餅」だった。

日本で食べられる「餅」ではない。小麦粉を原料として、平べったい円形をしており、どちらかというと、無発酵のパンだろう。凰朔ではポピュラーな小麦粉の料理だ。

これを凰朔では「餅」と呼称している。

凰朔国の主食は小麦だ。小麦料理は、かなりのレパートリーがある。煮込み料理や焼き物、揚げ物、蒸し物、様々だった。

「夏雪も食べたことあると思うで。お肉や野菜を包む生地や。蒸したら、饅頭《まんじゅう》料理にもなるさかい」

同じ「餅」なのに、夏雪みたいな貴族の食卓に並ぶのと、庶民が食べるものは微妙にちがっている。夏雪が口にする餅は、もっとふっくらとしてパンのようだろう。目の前の餅は生地が薄く、クレープに近いかもしれない。

「そう言われてみれば、たしかに……?」

夏雪は餅を、じーっと睨みつける。

「ソースはあうのかしら?」

「一個、食べてみよか?　これで、庶民あるあるを一個覚えられるで」

「そうですね。わたくし、庶民あるあるを早速覚えてしまうのね。一番ですね」

同じ料理でも、貴族と庶民では、口に入る形がちがう。それが理解できるだけでも、夏雪は目標を着実に達成している。

店に並んだ餅を一つ注文すると、炒《いた》めた青菜を包んで渡してくれた。

「えーっと……毒味したほうがええよね?」

蓮華は、買った餅を夏雪に渡す前に、千切って自分の口に入れる。味は分厚い野菜クレープみたいなものだ。塩味の青菜がシャキシャキしていて、食感がいい。生地がモッサリとした店もあるのだが、ここはしっとりしていた。なかなかイケるわ！

「蓮華！　自分で食べるのは、毒味って言わないのよ！」

いの一番に料理を食べた蓮華に、夏雪が頬をふくらませた。

「え。だって、夏雪は毒味してから食べたほうがええやろ？」

「あなたの毒味は誰がするのよ！　蓮華が死んでしまったら、わたくしはどうすればいいのです！」

夏雪に指摘されて、蓮華は頭をかいた。同じような指摘を、以前に天明からもされている。庶民感覚が抜けきらず、つい、やってしまう。

「もっと、妃の自覚を持ちなさい」

「はい……すんません」

蓮華はシュンとしながら、夏雪に餅を渡す。夏雪はむくれたままだったが、せっかく買った餅だ。受けとってくれた。

「いただくわね」

夏雪は餅を食べるなり、目をキラキラと輝かせる。お貴族様のお口にあったようだ。

「思ったより、美味しいのね。たしかに、小麦の風味が餅らしいわ。ちょっと焼きすぎているのが、香ばしくてなかなかいいかも……まあ、わたくしが焼く粉もんのほうが、数段上ですが」

　餅相手にも張り合うのか。本当に、夏雪は負けず嫌いだ。

「それに、わたくしは、ここへ来る前からちゃんと知っていたことがあります」

「なんや？」

　蓮華が聞き返すと、夏雪はちょっとだけいじらしく目をそらした。こういう顔を、天明の前でもしてほしいものだ。男なら、きっとキュンとする。知らんけど。

「蓮華が教えてくれる食べ物は、どれも美味しいわ……きっと、庶民の暮らしも悪くはないのでしょうね。嫌いではなくってよ……今日の研究だって、真面目にやるのだから」

　夏雪は貴族の暮らしが染みついている。悪気はなく、自分の育った環境のルールを押しつけるときがあった。仕方のない考え方だ。

「そっか。ありがとさん」

　蓮華は嬉しかった。夏雪が少しでも、貴族以外の世界を認めてくれて。漫才成功のためでもあるが、それ以上に、夏雪の価値観に影響を与えたのは進歩だと思う。

　こうやって、みんなの考え方が変わってくれたら、嬉しいなぁ。ちょっとずつやけど……気持ちよく過ごせる社会のために、そして、主上さんの理想のために。

鴻家の店につくと、すでに待っていた陽珊が出迎えてくれた。

今日働くのは、素人である。新人を受け入れるには、それなりの準備が必要だ。夏雪と劉貴妃の基礎教育を陽珊たちにまかせて、蓮華は店をぐるりと見回す。

店名は「猛虎飯店《もうこはんてん》」だ。

「はー……ひさしぶり！」

蓮華が以前ここで働いていたときは、経営者という立場だったが、自身が店に立つ機会も多々あった。

背の高い柱が天井をしっかりと支えている。二階建てだが、ホールの半分は吹き抜けにしてあり、解放感があった。階段をのぼった二階席は、上客を案内するＶＩＰルームとなっている。

壁に描かれた虎が、優雅で力強い。

商業区に出入りするのは中流階級の庶民層だ。祭りなどで舞台を堪能するのも、この層が多いだろう。だから、勉強するなら猛虎飯店がいいと、最初から決めていた。

「お帰りなさいませ、蓮華様」

猛虎飯店の店長が、にこにこと笑顔であいさつしてくれる。いつも接客スマイルを忘れずに、という蓮華の教えをきちんと実践していた。

「まいど、おおきに。儲かりまっか？」

「ええ、ぼちぼちでございますよ」

　里帰りのようなものなので、店員たちも蓮華に対する受け答えも心得ている。

　蓮華が後宮に入ってからも、ときどき手紙で店へのアドバイスをしていた。

「蓮華様から教えていただいた新作の開発も進んでおります」

「そりゃあ、よかったよかった。あとで食べてもかまへん？」

「もちろんです。蓮華様に、ぜひご試食していただきたい！　待っていてください。すぐにご用意します！」

　そう言うなり、店長は張り切って厨房《ちゅうぼう》へ駆けていく。

「いや、あとでええんやけど……働き者やなぁ。誰に似たんやろか」

　元上司の蓮華が働きすぎていたせいかもしれない。

　当時、赤字でつぶれかけた猛虎飯店を立てなおそうと、蓮華は必死だった。父親に認められて、好きに商売をしたいというのが本音だったが……単純に、前世からの癖でもあった。

「ねえ、蓮華。見てくださる？」

　店で働く準備を終えた夏雪が、蓮華に手をふる。

　焦げ茶色の前掛けは、猛虎飯店のホール担当スタッフに支給されるものだ。裾にひかえめな刺繍が施されていて可愛らしい。

「このわたくしが、一番――」

「うんうん、夏雪が一番可愛いで」

蓮華は、つい流れで夏雪の頭をなでなでしてしまった。

「先に言わないでよ！　それと！　子供扱いされている気がするのだけど！」

子供扱いしたつもりはないが、夏雪はムッと目をつりあげた。猫みたいで、これまた子供っぽい……いや、少女らしくていい。

しかし、夏雪はムスッとしながらも、蓮華に大人しくなでられている。満更でもない気がして、携帯していた飴ちゃんを一つ持たせてあげた。やはり、夏雪は文句を言ったが、飴を素直に受けとる。

「ほな、元気に職場体験しましょか」

蓮華は笑顔で、両手をパンッと叩いた。

とはいえ、貴族のお妃様たちにマトモな働きは期待していない。

一人ひとりに、お目付役を配置している。蓮華も、できるだけ各人の適性を考えた持ち場を与えたつもりだ。

夏雪には、店先でたこ焼きを焼いてもらう。後宮のタコパで鍛えているし、本人もやる気充分だ。テイクアウトの屋台式で、人通りが多い商業区では、きっちり利益を出せるサービスだった。主に、忙しい商売人たちの朝食や昼食として人気だ。

猛虎飯店の客層は、ほとんどが中流階級の庶民と、周囲で働く商売人である。ときおり、西域からやってきた商人たちも訪れた。

凰朔の食文化は豊かだ。上流階級ほどではないが、猛虎飯店を利用する客層も、なかなか味にうるさい。とくに、「早い・安い・美味い」が重視される。どれくらいコスパよく、手軽に食事できるかが鍵だ。

「見てください、蓮華。もうこんなに売れたのよ！」

「ええ感じじゃん。繁盛してて嬉しいわ」

高飛車なお貴族様ムーヴが懸念されたが、自分が焼いた商品が順調に売れていくのが嬉しいらしい。いつも以上に、夏雪は得意げだった。

ホールには、気立てがよく臨機応変な対応ができる劉貴妃がいる。大丈夫だとは思っていたが、予想以上の順応だ。今すぐ従業員として雇いたい。

一方、清藍はあまり機転が利かず、食器の片づけなどを中心にしていた。鍛えているので、皿を何枚も持てるのは単純にありがたい。あと、無駄に声が大きいので「いらっしゃいませ！」のあいさつが気持ちよかった。大声も使いどころやな……って、清藍には、店の仕事を頼んでないのに、なんで手伝っとるんや？　ノリ？

おおむね、店は混乱なく回っていた。もっと、わやになって、めちゃくちゃでどうしょうもなくなると思っていたので、蓮華も心が穏やかだ。

「蓮華様、次の料理が用意できました！」

蓮華はというと、ホールの隅で新しいメニューの試食をさせられている。

後宮に入ってから、猛虎飯店とは手紙でしかやりとりしていなかった。この機に、新メニューを中心に、蓮華に味チェックをしてほしいのだ。

「せやかて……もう四品目や。さすがに、おなかいっぱい……」

「こちらはご試食いただかなくては、困ります！」

そろそろ限界だが、出されたら食べなければもったいない。

猛虎飯店は、一般的な凰朔料理のほかに、蓮華が伝授した粉もんを中心としたメニュー構成になっている。ぶっちゃけ、重いねん。

だが、目の前に置かれた皿に、蓮華は目の色を変える。

「お、これは……！」

蓮華はおなかいっぱいなのに、思わず前のめりになってしまった。

深皿は透明感のあるスープで満たされている。具としてふんだんに使用されているのは、煮込んだ薄切り牛肉だ。たっぷりの青葱《あおねぎ》が、彩りを鮮やかにしてくれる。

箸で肉をわけると、下に沈んだ麺が見えた。白くて細長い……うどんだ。

「蓮華様がお手紙でご提案くださった、肉うどんでございます」

凰朔国は小麦文化である。麺料理は庶民にも馴染みが深く、非常に受け入れられやすい。うどんは強力粉と水、塩があれば手打ちでき、真似は比較的容易だった。そこに、煮込みの牛肉と出汁《だし》をあわせれば完璧だ。

ここまで綺麗に再現されているとは驚きである。蓮華渾身《こんしん》のレシピもあるが、やはり、見本として同封した、うどん生地が効いたのだろう。

いまさらやけど、うどん生地が同封された書簡って、なんやねん。

「すごいやん。いい感じやで」

出汁の味つけが、ちょーっと甘い気もするけど、ここは微調整でなんとかなるはずや。うどんもコシがあって美味しい。

そして、このクオリティなら……。

「これ、肉吸いもイケるんとちゃうかなぁ？」

「肉、吸い……とは？」

知らない単語に、店長が身体を前のめりにした。蓮華が提案するメニューに興味を持っているのだ。

「この肉うどんから、うどん抜くねん。肉のお汁や……重たいもんが食べられへんとき、これが身体に染みるんや」

客からの要望で、「肉うどんのうどん抜き」を提供したことから生まれ、定着した大阪の味だ。これだけ出汁が美味しいなら、成立する。

「なるほど！　では、麺ありと、麺なしの双方提供してみましょう」

「うんうん。それやったら、どっちが売れるか様子見できるわ！」

店長と肉うどんの売り方について一致した。

粉もん、ミックスジュース、串カツ、肉吸い……蓮華は、こちらの世界で記憶をとり戻してから、いろんな味を再現してきた。そのたびに、大阪をなつかしく感じる。郷に入っては郷に従えとは言うが、「イケそうやん」ってなったら、やってみないと気が済まない。

ときどき、これでいいのか不安になる。蓮華が前世の記憶を引き継いでいるのには、なにか意味があるのか考えた。蓮華は、この世界にない知識をもたらしているからだ。

しかし、蓮華のほかにも転生者は存在する。仙仙の侍女をつとめる傑も、前世の記憶を持っていた。文化など、前世と類似する点も多く、そういうものは、誰か別の転生者がこの世界に持ち込んだと、蓮華は考えるようになっていた。

なんで、うち、ここにおんねやろ……。

「それで、蓮華様。一つご相談したいことがありまして」

肉うどんを堪能する蓮華の隣で、店長が困った顔をしている。蓮華はいったん、箸を置く。

「当店では肉を一頭買いして仕入れております。そこで、蓮華様の教えの通り、食材を余さず使おうと努力しているのですが……臓物だけは捨てるしかなく……提供する方法など、ご存じでしょうか？」

「臓物？　内臓……ホルモン？」

たしかに、蓮華は口酸っぱく「無駄なもんはない！　利用できるもんは、利用せなあかん！」と言ってきた。

凰朔国には、内臓を食べる習慣はない。珍味や薬として重宝する地方もあるそうだが、梅安ではマイナーだった。

「なるほどぉ……焼いたらあかんの？」

「鉄板で焼いて提供しているのですが、なかなか旨《うま》くいかなくてですね。どうしても、独特の臭みが抜けず。それに、見目がよくないので売れないのです」

たしかに、そのまま焼くとそうなるだろう。

「内臓は小麦粉をまぶして洗えば、要らんもんを吸着してくれるから、ある程度の臭みがとれるで。粉は万能や」

「ほぉ！　小麦粉を食用ではなく、下処理に！」

「あとは……ソースとか、濃いめの味で焼いたら、気にならんはずや。牛の内臓は、食感が面白いから、ちゃんと調理したら美味しいんやで」

「なるほど、なるほど……」

しかし、これだけで売れるとは、蓮華も考えていない。内臓を食べる文化がない凰朔国では、いかにもなゲテ物だ。「食べたい！」と思ってもらえない。

蓮華は、視線を肉うどんに戻した。

麺料理は凰朔では馴染みがあるが、うどんは存在しない。親しみやすさと、目新しさが共存しているので、売れる可能性が高いと踏んでいる。大事なのはバランスだ。大阪風の粉もんが当たったのも、凰朔国の主食が小麦粉だからというのが大きい。

「鉄板焼きもええけど……かすうどん、どうかな？」

「か、かす？」

かすとは、天かす……ではない。もちろん、ツッコミでよく使われるボケカスの、カスでもなかった。

かすとは、油かす。牛の腸を長時間、じっくりと油で揚げたものだ。カリッとした食感と、ジューシーなホルモンを楽しめる。余分な脂分が落ち、肉の旨味も凝縮される調理法だ。

凰朔の牛は、日本で畜産されているものより脂肪も少ないだろう。とすると、ただ焼いたホルモンを提供するよりも、美味しいかもしれない。見た目も縮むので、多少は凰朔の人でも受け入れやすくなるはずだ。

「腸で油かす作って、うどんに盛るんや。めっちゃ美味いで――って、店長！　どこ行くねん！」

蓮華の言葉を待たずして、店長は走り出してしまった。

「今日中にご試食していただきたいので、善は急げでございます！」

「はや！　うち、もう食べられへんわ……」

蓮華の嘆きなど聞かず、ほいさっさ。ほんま、誰に似たのやら。

五

正一品たちの庶民研修は順調に進んでいる。蓮華は腹ごなしに、ホールに立って接客をしていた。

「まいどおおきに！」

蓮華は元気に、お客を見送る。もとから麺料理の店だったせいか、やはり、店内での注文は麺が中心だ。今のお客は、シンプルな湯麺《たんめん》を食べていった。もちろん、お帰りの際は一人一個、飴ちゃんを配る。

さてさて、店の回転率をあげるため、客が立ったらお片づけ。蓮華は、笑顔を崩さぬまま膳を下げる。

「あれ！」

しかし、片づけながら蓮華は気がつく。

お客が荷物を忘れていた。布袋には、少額の銅貨が入っている。凰朔では、金貨と銀貨、銅貨が流通しており、それぞれ別の財布に入れて管理するのが一般的だ。

「小銭でも、お金はお金や……うち、ちょっと行ってきまーす！」

お金をなくすのは悲しい。めっちゃ虚《むな》しい。やるせない。蓮華は、我がことのように感じながら、他人の財布を持って走る。

店を出て、雑然とした商業区の大通りを進む。右側へ向かって出ていったところまでは見ていたから、こっちであっているはずだ。

「あれ、鴻家のお嬢じゃないか。後宮に入ったんじゃなかったのかい？」

露店の店番が、馴染みのオッチャンであった。蓮華が猛虎飯店で働いていたころは、よく雑談をしていたものだ。今日は拳大《こぶし》ほどの瓜《うり》を並べている。ここいらは、市場も兼ねているため、食品もたくさん販売されていた。

「いろいろあって、里帰り中やねん」

「なんだい、後宮を追い出されたのかと思ったじゃないか」

「そう思うやろ？　ちゃうねん。うちもそこんとこは、結構不思議なんやけど……ああ、オッチャン。この辺で、麻の服着た、強面《こわもて》のお兄ちゃん見んかった？　たぶん、職人さんかなんかやと思うんやけど」

「今、向こうへ歩いていった旦那が、そんな人相だったよ」

オッチャンは、道の北側を指さした。

「ありがとさーん！　店来たらオマケしますわー！」

「またそうやって、客増やそうとして。いいぜ、安くしてくれよ！」

「まいどー！」

こういうやりとりは落ち着く。後宮の暮らしも、いい感じにカスタマイズしてきたが、やはり蓮華には堅苦しい。とくに、この辺りの商業地区は、おおらかで気さくな商人気質《かたぎ》の人間が多いので、大阪で暮らしていた記憶を持つ蓮華の肌にあう。

「あ、おった！　お客さーん！　お財布忘れてまっせー！」

やがて、蓮華は目当てのお客を見つける。声をかけると、すぐにふり向き、蓮華に気づいてくれた。

「お嬢さん、ありがとう。助かったよ！」

蓮華が渡した財布を確認して、お客がニカッと笑った。外城では、置き引きも当たり前だ。忘れた財布が戻ってくるなんて珍しいだろう。

「ええねん。また猛虎飯店に来てくれたら嬉しいですわ！」

「ああ、必ず行くよ。本当にありがとう」

そんな会話をして、蓮華は手をふってお客を見送る。

さて、戻ろうかな。と、回れ右した蓮華の視界に、ギョッとするものが飛び込む。

というより、ギョッとした。

「蓮華様ッ！」

前方から、陽珊が鬼の形相で向かってきていたのだ。

原因は、あれだ。蓮華が勝手に店を飛び出したからだろう。せっかく護衛までいるのに、独りで出てきてしまった。その辺りに、兵士が紛れているので大丈夫かと思ったが……主《あるじ》がヒョイヒョイ単身出歩くなど、従者目線では堪《たま》ったものではない。

「うぅ……す、すんません！　陽珊！」

「蓮華様ッ！　あれほど……あれほど、供をつけてくださいと申しましたのに！」

陽珊は甲高い声を張りあげながら、蓮華に詰め寄る。

「ここは後宮ではないのですよ！」

部外者が入らない後宮とは安全の度合いが異なる。

「せやかて、工藤《くどう》。この辺は歩き慣れとるし……心配しすぎやって」

「以前とはお立場がちがうのです！　あと、工藤とは誰ですか！」

蓮華は後宮の妃、皇帝の奥さんだ。しかも、その中でも、現時点で一番位が高い。

いわゆる、「貴人」というやつだった。

蓮華はもう、一般市民ではない。その自覚を持たなければならないと、さっき夏雪にも注意されたばかりだった。蓮華はポリポリと頭を掻《か》きながら笑う。が、陽珊は誤魔化されてくれない。

「さあ、速やかに帰りますよ!」

「はぁい……」

叱られて連行される悪戯《いたずら》小僧みたいだ。蓮華は肩を落としながら、陽珊について猛虎飯店への道を戻った。

しかし、トボトボと歩く蓮華のうしろから、なにやら騒がしい声がする。

「誰か……誰か、つかまえて!」

女性の悲鳴だった。

そのとき、ちょうど蓮華たちを追い抜くように、男が走っていく。ごていねいに、手には上等そうな包みが抱えられている。これくらいわかりやすい物盗《ものと》りの状況は清々《すがすが》しい。

「オッチャン、後払いで頼むわ!」

蓮華は露店のオッチャンに声をかけ、瓜を一つ手にとった。

「蓮華様!?」

素早く動いた蓮華に、陽珊が目を剝《む》いているが、そのときには、すでに蓮華は投球フォームに入っていた。大きくふりかぶって、踏み出し足を存分に利用しながら体重移動を行う。胸を張って下がり肘に注意し、身体を弓形《ゆみなり》にしならせながら瓜をリリースした。

「うちの制球、舐《な》めたらあかんで、っと！」

瓜は蓮華の思い描いたコースの通り、まっすぐ飛んでいく。表面はツルツルしているが、重量感があってなかなか硬い。

「あだッ」

男の頭に瓜が直撃した。蓮華は間を空けず、もう一つ瓜を投球し、今度は男の足を狙う。男はあえなく、バランスを崩してしまった。こりゃあ、なかなか痛いやろな。

やはり、一〇〇キロは無理だが、そこそこの速度は出ていると思う。表面がツルツルしていて、回転がかからなかったのは残念だ。

「盗みはあかん」

凰朔には貧富の差がある。けれども、貧困は他人の財産を奪ってもいい理由にはならない。蓮華はパッパッと、両手を払って腰に手を当てた。

「だから……蓮華様。どうして、あなたはこう……」

陽珊が頭を抱えている。呆《あき》れ果ててものが言えない。そんなところだろう。不用意に首を突っ込んで、反撃されたら大変だ。

「ええやん。大丈夫やって」

陽珊の心配とは裏腹に、男は潜んでいた兵士たちに取り押さえられていた。さすがに、蓮華だって注意されたばかりだ。彼らが出てくるのを予想して行動している。近くに投げるものがなかったら、大声を出して兵士たちに呼びかけていた。たぶん。

「だからと言って、瓜を投げるお妃様がいらっしゃいますか……」

「せやなぁ……食べ物粗末にしてしもた。もったいなくて死んでまうから、あれ拾って買い取っても、かまへん？　海老《えび》と一緒に炊いたら最高やねん」

「あなたは、どうして。そう……しかし、かしこまりました。もったいないですね」

陽珊も、瓜がもったいなくて不憫《ふびん》だったのか、了承してくれた。瓜は多少割れた程度なら、洗って充分食べられる。分厚い皮を剝けば問題ない。

瓜と海老を炊いたあんかけは、大阪のオカンも好物で、よく作っていた。アツアツでも冷やしても、めちゃくちゃ美味しい。店の干し海老をもらおう。

「あ……ありがとうございます……！」

遅れて、蓮華たちに向かって、頭をさげる人物がいた。物盗りに遭《あ》った女性である。身なりがいいので、どこかの屋敷に奉公しているのだろう。

「かまへん、かまへん。うちは通りすがりのエースピッチャーやから。頭あげてや」

蓮華が言うまで、女性は頭をさげ続けていた。だが、やがて顔を見せてくれる。やや年齢がいっているが、そばかすの散った顔は愛嬌があった。

あれ、この人……どっかで？

彼女の顔には覚えがある。そうだ。齊玉玲の従者として、建国祭に同行していた。たしか、名前は——。

「璃璃さん？」

そう問うたのは、蓮華ではなく陽珊だった。

「あら……陽珊なの？　大きくなって！」

陽珊から名を呼ばれ、璃璃がパチクリと目を見開く。蓮華だけが会話についていけず、置いていかれた。

「ああ、蓮華様。ご紹介します。こちらは、白《はく》璃璃、私の叔母です」

蓮華に、陽珊が説明してくれる。

朱燐とちがい、陽珊は「名なし」ではない。きちんと、白という苗字がある。ずっと「陽珊」と呼んでいるので、普段はあまり意識する必要がなかった。

「璃璃さん、この方が鴻蓮華様。私がお仕えする鴻家のご令嬢です」

「あ……」

陽珊の紹介を受けて、璃璃は表情を固まらせた。蓮華の名前を聞き、ようやく、建国祭で顔をあわせたのを思い出したようだ。無理もない。後宮の妃が、こんなところで瓜を投げて物盗りを捕まえるなどと、誰が思うか。

「お久しぶりやね」

蓮華がニパッと笑うと、璃璃は途端にもう一度頭をさげる。ペコペコされると、反応に困った。

「こ、鴻徳妃とは気づかず……大変な無礼を！」

「やめてや。うち、そんなに偉ないねん」

蓮華が謙遜すると、陽珊が小突きながら、ささやくように「いいえ、申し分のない貴人でございます」とツッコミを入れてきた。あはは、せやった。

それにしても……齊玉玲の従者か。

建国祭で、天明に釘を刺されたのを思い出す。

「ああ、せやせや」

蓮華は頭に過った念を振り切るように、くるりと踵《きびす》を返し、物盗りを連行していく兵士に話しかけた。奪われた品を回収しなくては。

上等な包みだ。不老長寿の仙木とされる、桃の花が刺繍されていた。しかし、物盗りが転倒した際に、中が出てしまったらしい。包まれていた絹……上等な青い衣が、泥水で濡《ぬ》れていた。

「どうしましょう……！」

中の有様を見て、璃璃が青ざめる。

「ぎょ――お家《うち》の方のお着物なん？」

蓮華は、「玉玲さんの」と言いかけてやめる。天明から、関わるなと忠告されたばかりだ。不用意に首を突っ込むのは、よくない……せやけど、背中がモズモズするぅ。なんか、胸がムカムカするぅ。ついつい話しかけてまうぅ。

「はい……主人の着物なのです。泥汚れは落とすのが大変で……買い換えるしかないかもしれません。せっかく、よいものを仕立てさせたのに……」

璃璃がしょんぼりと肩を落とす。陽珊も、璃璃に同情していた。

「うーん」

齊玉玲には関わるな、と言われた。

でも、今困っている人間が目の前にいる。こんな立派な衣は、璃璃のような奉公人の給料では支払えないだろう。

「弁償できへんかったら、叱られるん？」

問うと、璃璃は顔色を変えて首を横にふった。

「決してそのようなことは！　大小姐は、お優しいです。私を罰したりなどいたしません……ただ、ご迷惑をおかけしたくなくて……」

璃璃の言葉を聞いて、蓮華は顎に手を当てる。

「うちが買い直すのも、先方にはご迷惑かもしれへんなぁ……」

「こ、これ以上、鴻徳妃のお手を煩わせるわけにはまいりません！　私の不注意が招いた失態です。この件は、こちらで――」

「よし。じゃあ、うちに預けたって！」

璃璃の言葉を遮って、蓮華は手を差し出した。

関わるなと言われたのは、玉玲についてだ。今、蓮華の前にいるのは璃璃という、陽珊の親戚である。

ちょっとくらい、お節介焼いても……かまへんやろ。

まずは、乾いた泥を払います。泥は乾くと、パリッパリになるので、ここである程度は手で落としときましょ。

ブラシでこすると、繊維の奥までとれるで。と言っても、この世界にマトモなブラシになる素材はないから、うちは手作りや。竹棒の先っぽを細かく割けば、しなやかなブラシの完成。

それでも、シミが残ってしまう場合は、コレや。パンパカパーン。固形石けんで洗いましょう。

固形石けんは、植物性油、アルコールがあれば簡単に作れるで。泡立ちのためには、苛性《かせい》ソーダ混ぜるほうがええけど、なかなかそんな化学薬品は手に入らへん。灰で代用オッケーや。手作り石けんは大阪のオカンも、よう作ってたわ。

「以上、蓮華さんの三分間クッキング、いや、クリーニング♪」

洗った衣を、パンッパンッと伸ばして太陽に透かす。美しく滑らかな青い絹織物には、シミ一つ残っていない。上出来、上出来。

猛虎飯店には、蓮華がいたころから固形石けんが常備されている。食器や洗濯に大活躍の代物だ。あ、これ売ってもええかも！

綺麗になった衣を持って、蓮華は猛虎飯店の洗濯場をあとにする。璃璃が客席で待っているので、早くお届けしたかった。

蓮華が新しい衣を買うのは、過ぎたお節介だろう。しかし、衣のシミ抜きをして返すのは、お金もかからない。この提案に、璃璃も納得してくれた。

「ほれ、見たってや！」

蓮華はシミ抜きの済んだ衣を広げてみせる。

「ほ、本当に美しく……！」

客席で待っていた璃璃が、感嘆の声を漏らした。

この国では石けんがなく、洗い物は洗濯板にこすりつけて落とすのが普通で、衣が傷んでしまう場合も多い。こんなに美しくなるとは思っていなかったのだろう。璃璃は衣を受け取りながら、「よかった……」と安堵《あんど》の表情を浮かべた。

「ほら、蓮華様におまかせすれば、余裕のよっちゃんです」

璃璃と一緒にいた陽珊が、得意げに胸を張った。

「よっちゃん？　それは、誰のことかしら……？」

何気なくこぼれた陽珊の台詞に璃璃が首を傾げる。陽珊は自らの口を両手で覆って、首を横にふった。

「こ、これは……蓮華様のせいです！　どなたですか、よっちゃんって！」

「わからへん！」

「わからないのですか!?」

蓮華の言葉が、そのまま陽珊に輸入されている。本人も無意識のうちに使ってしまうようだ。と言っても、蓮華にも「よっちゃん」の正体はわからない。ほんま誰やねん、よっちゃん。

「面白い……陽珊は、よいご主人様に恵まれたのね」

蓮華と陽珊のやりとりを前に、璃璃が鈴を転がしたみたいな声で笑う。

「璃璃のところは、どないなん？」

だから、蓮華はつい聞いてしまった。自然な流れだろう。

璃璃は一瞬だけ、顔を曇らせた。けれども、すぐ唇に穏やかな弧を描く。

「大小姐は、とてもいい主人にございます」

主の面子や建て前を気にした発言ではない。心から、璃璃がそう思っていると、表情から伝わってきた。

「私たちのような奉公人にも優しく接し、穏やかな心根の方なのです。公平で、正義感が強くて……」

璃璃は嬉しそうに、主の話をする。だが、その語気が、どんどん窄《つぼ》まっていくのを感じた。蓮華が眉根を寄せると、璃璃は軽く首をふる。

「申し訳ありません。よくしていただいたばかりか、このようなお話にもつきあわせてしまい……」

「ええねん。うちが聞いたんやから」

璃璃の話に嘘はなさそうだ。

そうなると、ますます蓮華はわからない。蓮華には、齊玉玲という女性の人物像が、はっきりしなかった。そんな人が、どうして天明に毒を？

「あの、鴻徳妃……」

璃璃がなにか言いたげに蓮華を見あげる。しかし、唇をパクパクと数度開閉したあとに、黙り込んでしまった。

「蓮華ってば!」

甲高い声をあげながら、会話に割って入ってきたのは夏雪だ。猛虎飯店の制服に身を包んでいても、顔の愛らしさは少しも損なわれない。たこ焼きピックを振り回しているので、ちょっと危ない。

夏雪は、椅子に座る璃璃をキッと睨みつける。

彼女が玉玲の従者だというのは、みんなに言っていない。あくまでも、蓮華のお客さんとして、ここにいた。もしかして、バレてもうた?

「どうして、わたくしのほうにあまり来てくれないのですかッ! こんなに上手に焼けているのに!」

だが、夏雪のお怒りポイントは、そこではなかった。大きな目をつりあげながら、夏雪は器を示す。まん丸のたこ焼きが、綺麗に八つ整列していた。ソースの香《かぐわ》しさが、鼻にスッと入ってくる。たっぷりのった花がつおが、「食べて食べて」と言わんばかりにゆらゆら踊っていた。

「後宮では、わたくしが蓮華と一番お茶会をしているのに」

「いや、うん。わかったから、落ち着いてや?」

最近、なにかにつけて夏雪は負けず嫌いを発揮する。蓮華との仲のよさを天明と張りあうのは、いくらなんでもやりすぎだと思っていたが……璃璃にも同じか。

「ちょっと、あなた！　図々しいのではなくて？」

夏雪は苛立ったまま璃璃に話しかける。いきなり貴族の令嬢から声をかけられて、璃璃はビクリと肩を震わせた。

「たこ焼きくらいは、食べたことがあるのかしら？」

「は、はあ……ございま……せん……」

「食べたこともないのに、蓮華の時間を奪っているの？　信じられない！」

「あの……申し訳ありません……」

夏雪に詰め寄られて、璃璃はすっかり小さくなっている。こりゃあ、あかん。蓮華は、そろそろ夏雪をなだめようと、前に出た。

「そう。なら、わたくしのたこ焼きを食べるといいわ。蓮華と話すなら、たこ焼きの味くらいは知っておきなさい！」

夏雪は高飛車な態度で、たこ焼きの器を璃璃の前に置いた。璃璃は、ポカンと間の抜けた表情で、たこ焼きと夏雪を見比べている。

「いいかしら、楊枝《ようじ》を使って食べるのですよ。わかりましたね？」

夏雪は楊枝を示して、フンッと鼻を鳴らす。めちゃくちゃドヤ顔だ。高飛車だが……とてもていねいにレクチャーしている。

「夏雪……めっちゃ良い子」

蓮華はついつい、夏雪の頭をなでなでしてしまう。

「な、なんですか……！　せっかく蓮華と話すなら、たこ焼きの味くらいは知っておくべきでしょう！　あと、お好み焼きも。わたくし、とても綺麗に裏返すのよ！」

「うんうん、せやなぁ。ええ子、ええ子」

わしゃわしゃなでると、夏雪は恥ずかしそうに蓮華の手を払おうとする。だが、次第に小動物みたいに大人しくなっていった。気分がいいのだと思う。

「お……美味しい……とても美味にございます」

夏雪のたこ焼きを食べた璃璃が、口元を押さえながら感激していた。熱そうにたこ焼きを咀嚼《そしゃく》して、顔を綻ばせている。ニコリと笑うと、前歯に青のりがついていた。

「当然でしょう。そうだわ。持ち帰りも用意してあげるから、あなたの主人にも食べさせるといいわ。えっと……どこの家かしら？　その身なり、誰かの屋敷に仕えているのでしょう？」

夏雪は得意になって、たこ焼きピックをクルクル回す。

「ああっと……璃璃は陽珊の親戚なんや。それで、店に寄ってもろて……」

璃璃が玉玲の従者だと伝えるのは、いろいろ不都合だ。蓮華は、なんとか誤魔化そうと話題をそらした。

「ふうん？　まあいいわ。わたくし、お好み焼きも焼いてきます。それを持って、早く主人のもとへお帰りなさい。そして、蓮華を返してちょうだい」

「そんな、返すやなんて。うちは誰のもんでもないよ」

「だって、蓮華ったら、ちっとも見に来てくれないのだもの」

「はいはい、わかったから。あとで行くわ」

話題をそらされたが、夏雪は大して気にしていないようだ。たこ焼きピックを回しながら、屋台へ戻っていく。

その後、璃璃は夏雪のたこ焼きをきっちり完食した。

綺麗になった衣と、おみやげを持って、屋敷へと帰っていく。璃璃の背を見送る間も、蓮華はずっと考えていたことがある。

璃璃が主について語る様に嘘はなく、良好な関係を築いているようだった。

齊玉玲……どんな女性なのだろう。

❀　❀　❀

本当に親切な貴人……。

両手に抱えた荷物を見おろして、璃璃は今日のできごとを思い返す。鴻蓮華は、これまで会ったことがない性質の人間であった。

物盗りから助けてくれただけではない。汚れた衣は、すっかり元通りだし、美味しいお土産までもらった。加えて、「石けん」の作り方まで教えていただいてしまう。なにからなにまで……陽珊は、本当によい主に恵まれたようだ。

しかし、璃璃は少しばかりうしろめたさを感じた。

蓮華がどういう身分の女性なのか知っている。後宮の徳妃で、現在、皇帝の寵妃だ。つまり、遼家とともに、反秀蘭派に名を連ねる齊家にとっては敵だった。

本来ならば、璃璃は蓮華からの施しを受けるべきではない。建国祭で花を持ち帰ってもらっただけでも、充分よくしてもらった。だのに、流されるままに、甘えてしまった。

蓮華とて、それは理解しているはずだ。それでも、親切にしてくれた。

優しい……いや、人が好《い》い。現実のできごとなのに、なぜかお伽噺《とぎばなし》にでも触れた気分だ。と、齊家の屋敷の門をくぐりながら、璃璃は考えていた。

齊家は古くから凰朔の貴族であり続けている。一時は領地の経営難に陥り、没落しかけたが……ここ十数年で持ち直していた。この屋敷も、以前は古いだけだったが、最近、改装の手が入って随分と住みやすくなっている。

ありがたいことだ。

その理由にさえ、目を向けなければ——否、みな目を背けていた。

「失礼します、璃璃です。遅くなりました。大小姐」

屋敷の最奥《さいおう》。主人が住まう部屋に、璃璃は声をかけた。返事はないが、出掛けているわけではない。

広い部屋には、必要最低限の調度品だけが並べられていた。いつ見ても、少々殺風景に感じられる。

「希望の鐘を鳴らしましょう――」

璃璃が足を踏み入れると、かすかな歌声が聞こえた。部屋の主が、いつものように歌を口ずさんでいる。凰朔で古くから歌われてきた子守歌だ。

主――玉玲が夕陽《ゆうひ》の射《さ》し込む薄暗い窓辺に腰かけている。鈴の音を思わせる可憐さと、清らかさがあった。けれども、夕暮れの陰りをはらんだ寂しさと、物悲しさが混在している。

詩は美しく優しさにあふれているのに、それを口ずさむ玉玲の顔は虚無であった。

もうずっと……後宮を出てから、玉玲は抜け殻のようだ。

「大小姐、ご覧ください。新しい衣を仕立てていただきました。きっと、大小姐にお似合いですよ」

璃璃は主の気をこちらに向けようと、今日とりに行った着物を見せる。わざわざ外城で評判の店へ注文したものだ。

　玉玲は歌うのをやめ、璃璃に視線を移す。璃璃は笑顔を作りながら、新しい衣を玉玲の肩に当ててみた。鮮やかな青色が目を惹《ひ》き、華やかに見える。表情に乏しい玉玲の顔色も、心持ち明るく感じた。

「それから、外城で評判のお好み焼きという食べ物です。大小姐にも食べていただきたく、持ち帰りました」

　璃璃は蓮華、というより、陳夏雪から持たされたおみやげを差し出す。まだほんのり温かい。璃璃は玉玲が食べられるように、卓のうえに置いた。

「私にかまわなくていいのに……」

　小さな声で、玉玲は寂しげにつぶやいた。お好み焼きがのった器を見つめて、長い睫毛《まつげ》を伏せる。

　璃璃を批難しているのではない。だが、拒絶している。

　そして、懇願されている気がした。

「大小姐……」

　玉玲がどうして、そんなことを言うのか……わかっていて、璃璃は――。

　陽珊と蓮華の様子を思い出した。あんな風に親しい仲の主従を求めているわけではない。でも……蓮華に仕える陽珊は、幸せそうだと感じた。

　それは陽珊が蓮華からよくしてもらっているから……それだけではない。たぶん、蓮華が幸せだから、陽珊も幸せなのだろう。

「私は……大小姐にも――」

璃璃は口を噤《つぐ》む。主は璃璃の言葉を望んでいない。玉玲の幸せをねがったところで、拒絶されてしまう。

「………」

玉玲は窓の外に視線を移す。

悔しさで唇を噛《か》む璃璃とは、目もあわせてくれなかった。

六

「な、なんなのだ……これは？」

卓に並んだ皿に、天明が顔を引きつらせている。

「こっちが、夏雪が焼いたお好み焼きです。で、これが劉貴妃のたこ焼きですわ。冷めてしもたけど、自慢の出汁のおかげで、それなりに美味しいはずや」

蓮華は一皿一皿紹介して、天明に箸を示す。

猛虎飯店の研修で作った粉もんを、少し持ち帰ったのだ。

「主上さん、粉もんお好きでしょう。他のお妃も、みんな粉もん上手に焼けるんです。

この機会に食べ比べしたらどうでしょうか」

「な、なぜ……」

蓮華は充分な解説をしたつもりだったが、天明には足りていなかったらしい。頭が痛そうに額を押さえて項垂れてしまう。

「なんでって、決まってるやないですか。凰朔の将来のためですわ」

天明には世継ぎが必要だ。蓮華には、他の妃のいいところをプレゼンして、本当の寵妃を見つけてもらうという使命がある。

一向に、天明は芙蓉殿以外へ通いたがらない。であれば、天明が行きたがる特典が必要だと思い至ったのだ。

「ご安心ください。牡丹《ぼたん》殿にも、桂花殿にも、たこ焼きプレートと鉄板があります」

「いや、べつに俺は粉もんを食べに芙蓉殿《ここ》へ来ているわけではないぞ!?」

もちろん、天明が粉もんのためだけに芙蓉殿へ通っているとは思っていない。だが、芙蓉殿以外でも美味しい粉もんが食べられるというのは、知っておいてほしかった。

「水仙《すいせん》殿では、お蕎麦《そば》が食べられます」

「食べ物はどうでもいいのだ」

「主上さん、最近ツッコミのキレが増しましたなぁ」

「お前、わざとか。わざと呆けているのか……?」

ボケたつもりはなかったんやけど。

天明が暗い顔をしているので、蓮華はペコッと自分の額を叩いてとぼけておいた。

「まあ、ええやないですか。おみやげです。せっかくやから、食べましょう」

本当は電子レンジがあればいいのだが、さすがにそんなものは開発できない。

しかし、天明はいっこうに箸をとろうとしなかった。

「毒味は済ませてもらっていますよ」

「いや……そこはいいのだ。単に気が進まないだけだよ」

「はあ……それやったら、持ち帰りますか？　わざわざ、主上さんのためにって、夏雪や劉貴妃に作ってもろたんです」

「お前に他の女を薦められるのは、気分が悪い」

返答がいつになく不機嫌だった。天明は口を曲げながら、椅子に座って脚《あし》を組む。

「うーん。ちょっと癖が強いから、主上さんは誤解しとるんや。みんなええ子なんですよ。もうちょいじっくり話してみたら――」

隙あらば、妃たちのプレゼン。そう思って解説を挟もうとした蓮華を、天明は鋭い視線で睨みつけた。

「だから、俺は粉もんを食べに来ているわけでも、他の女の話を聞きにきているわけでもないと言っている」

「ほんなら、なんで？」

一方的に苛立つ天明に、蓮華は聞き返してしまう。蓮華だって、天明の役に立とうとアレコレしているのだ。それを否定されると、ちょっとモヤるわ。

「それは……」

天明は言いにくそうに一瞬、蓮華から視線を外す。

「お前と話しにきている……」

なぜか、顔を片手で覆って隠しながら、天明はつぶやいた。声量が落ちているので、聞き逃してしまいそうだ。

「いや、誰がこんな奇人を……」

だが、即座に矛盾することを言いながら頭をふりはじめた。なんや忙しそうやな。

「お前のことは、正直よくわからないから、まともに相手をしないほうがいい」

「どんどん貶《けな》されてる気ぃしますが、これツッコミ入れたほうがええですか？」

「いや、そこまでは……そう。頭が空になる。お前と話すと、なにも考えずに済むのだ。逆に、むずかしい考えをまとめやすくなる」

天明は言い訳のようなフォローを入れた。

要するに、頭をスッキリさせたいときに、蓮華と話すのはちょうどいいと言いたいらしい。なるほど。天明はずっと政治から遠ざかっていたが、ここのところは頭をすごく使わねばならない。蓮華といると、それらがまとまる……という主張だ。

「うちもお役に立ててますやろか？」

「そうだ。俺はお前を利用しているだけだ」

蓮華が納得したのを確認し、天明は安堵の息をついていた。

「それに、今日は別件の相談もある」

「相談？」

天明が相談とは珍しい。きっと真面目な話にちがいない。

心して聞こうと、蓮華は神妙な面持ちを作った。

❀　❀　❀

芙蓉殿へ通うのが習慣化してしまった。

蓮華の寝所でたっぷり夜を過ごしたあと、天明は朝靄《あさもや》も晴れぬうちに天龍《てんりゅう》殿へ帰っていく。結局、昨夜「もったいないから」と言って食べさせられたお好み焼きとたこ焼きが、まだ胃に残っている気がした。

「すっかりご執心ですね」

「それは嫌みか」

颯馬から、なにやら含みのある言い方をされて、天明は口を曲げたが、すっかりと気が抜けてしまっている。つい漏れそうになった欠伸《あくび》を噛み殺した。

蓮華にも説明したが、あれと話すのはとにかく楽だ。頭を空にしたまま接していられる。そのせいか、天明はむずかしい問題に直面すると、たいてい芙蓉殿を訪れていた。決して、颯馬が考えているような意味は、ない。断じて。

「そういえば、昨日、劉将軍から報告がありましたよ。蛸なる生物を見つけた、と」

「なぜ、いまさら報告する。一晩明けたではないか」

世間話のような流れで出てきた報告に、天明は颯馬を睨みつけた。

「もうしわけありません。優先度を把握しておりませんでした。主上は芙蓉殿へ急いでいましたので……それに、梅安へ届くのは、まだ先です」

事前に用意していた文句を読みあげるかの如く、颯馬は事もなげに返答した。思考が読まれた気がして癪だ。

「今度は本物なのだろうな。足は八本だと聞いたぞ」

「ええ、八本足で大変奇怪な見目と伝え聞いております」

「釜茹《かまゆ》でにすれば、表面が赤くなるらしい」

「確認済みです。中の身は白い、と」

「一度つかまれたら、なかなか離れぬとも言っていたぞ」

「捕獲に難儀したと報告されています」

颯馬の報告を聞き、天明は唇に笑みを描く。まさしく、蓮華が追い求める「蛸なる生物」にちがいない。昨夜は「漫才」について、蓮華が喜びそうな相談をしたばかりだ。ここに加えて、蛸を差し出せば……飛びあがって舞う様が、今から楽しみである。

「すっかりご執心ですね」

もう一度、重ねて嫌みを言われた。

颯馬の表情がいつもより穏やかなので、天明はなにも言い返せないまま口を曲げた。

京橋《きょうばし》　大阪マダム、頼りになりまっせ！

一

　珍しく、天明から相談を受けた。相談というと語弊がある。提案……いや、おねがい。少なくとも、命令のニュアンスは含まれていなかった。

「本日はよろしくおねがいします。鴻徳妃、いいえ、蓮」

　現在、蓮華が歩いているのは、後宮ではない。

　地味な色合いの袍《ほう》服が、歩調にあわせて揺れた。長い黒髪はシンプルにまとめてある。背の低さを隠すために、靴は上げ底だ。

　男物の装いで、蓮華は偽名の「陳蓮」として皇城の回廊を進んでいる。

　皇城は立派ではあるが、華やかさばかりを追求した後宮とは趣が異なっていた。華美な装飾は少なく、質実剛健な造り。そのせいか、いつもよりも背筋がピンッと伸びる。気持ち程度やけど。

「主上さんが相談なんて言うから、もっと深刻な話やと思ったのに……」

すると、颯馬がわずかに口元を緩めた。

普段は表情に乏しく、声音も一定なのだが、ときどきやわらかく変化する。そして、笑うと……なぜか、ちょっぴりだけカーネル・サンダースに似る。あと二、三十年も経てば白いスーツとヒゲが似合うだろう。

「いいえ、当人にとっては深刻な話ですよ。だからこそ、主上も鴻徳妃を皇城へ入れてもよいと許可したのですから」

ここは皇城。外廷とも呼ばれる。同じ宮廷の中ではあるが、後宮とは隔てられた領域だ。普段、後宮の妃である蓮華は易々《やすやす》と立ち入れない、政治の中心部である。

昨夜、天明から相談を受けた。

——鴻氏の扱い方がわからぬと、李舜巴から嘆願されたのだ。

李舜巴は、礼部で鴻柳嗣の下に就いた侍郎だ。有能な男らしく、柳嗣に代わって礼部の職務をバリバリこなしていた。実質、彼が礼部を取り仕切っているようなものだ。

曰《いわ》く、柳嗣がユニークすぎる性格なので、扱いに困っている、と。

最初に天明から相談されたとき、蓮華は吉本新喜劇みたいにズコーッと床に転がってしまった。その様を頭が痛そうにながめる天明の顔も忘れていない。

「鴻氏は……大変独特な方ですからね」

颯馬は、はっきりとした言い回しを避けているが、鴻柳嗣という男は「変なオッチャン」である。とにかく派手好きで目立ちたがり屋だ。負けず嫌いとはちがう……負けてもいいが、派手に負けたい。そういう意味のわからない部分があった。

商売に関する嗅覚が鋭く、割って入れる事業には、とにかく首を突っ込む。あれもこれもと手を出しているが、引き際も早かった。

天明の目論見通りに「お飾り官吏」の役目も嫌がらずに果たすだろう。目立つから。

「舜巴さんは、お堅い人なん？」

「そうですね。誠実で実直な男ですよ。だからこそ、鴻氏に戸惑っているようで」

典型的なお役人気質の人間に、柳嗣は強烈だろう。まだ李舜巴に会っていないのに、二人の様子が容易に想像できた。

「うちは、お父ちゃんのお守《も》りですか」

蓮華としては久々に柳嗣と会いたいのもあるが……漫才の舞台公演について、礼部へ直接口を出せるのは魅力的だ。柳嗣への手紙ばかりでは伝わらない事柄も多い。

メリットがあったので、のってみることにした。ノット・ボランティア。

「本当は主上も鴻徳妃、いいえ、蓮が政に関わるのはお嫌だと思います。舞台興行の件などは、お知恵を拝借する程度に止《とど》めようと考えておいででしたから」

「うちも、そのつもりやったわ。まさか、また男装すると思てへんかった」

蓮華は両手を広げて、パタパタと袖を揺らしてみせた。男物の服はシンプルに動きやすいし、ゆったりしていて嫌ではない。

「さて、礼部へはこちらから入ります」

颯馬は皇城を一通り回ったあとに、部屋の入り口を示した。

日本のお役所のように、「○○課」という札はかかっていない。迷子になったら、どうするのだろう。そう思いながら、蓮華は室内をのぞき込んだ。

「え、すごッ」

思わず、感嘆の声を漏らす。

中は、まさに書庫。和綴《わと》じや巻物などの書物が棚に並んでいた。古いものは、薄っぺらい竹を繋げて作る竹簡になっている。

凰朔での書物は貴重だ。印刷技術がないので、相対的に価値が爆上がりしているのである。だから、こんなに本が整列する光景は、なかなかお目にかかれない。上流階級の屋敷でも、ここまでの蔵書は珍しいだろう。

「礼部は書庫の奥なのです」

「なるほど……書庫が通路って贅沢やん」

早く通り抜けて、柳嗣にあいさつすべきだろうが、蓮華は書庫に置いてあるラインナップも気になった。

「鴻徳妃は、書もお好きなのですか？」

「だって、めっちゃ貴重やないの」

前世では、本は腐るほどあふれており、山ほどの漫画本を積んで過ごす休日も珍しくなかった。書店へ行けば選びきれないほどの新刊が並び、図書館ではいくらでも読み放題。識字率が低く、書物が貴重な凰朔では考えられない贅沢である。

「ここの書物で勉強すれば、新しく整えられる官吏登用試験にも合格できるでしょう。鴻徳妃ほど聡明《そうめい》な方でしたら、まちがいないかと」

「うち、そんなに頭よくないって」

「素質はございますよ」

官吏は想像したことがない道だ。たしかに、これだけの書物があれば……しかも、礼部の蔵書なので、きっと試験に役立つ。

が、ふと考える。官吏登用試験は、能力の高い人間を見出《みいだ》すための制度だ。身分の分け隔てなく資格を与えると、今のところ天明は言っていた。

「試験に通るには、どんくらいの勉強が必要なんやろか……」

書物は貴重だ。受験資格があっても、勉強をするために、そもそもお金がかかりすぎる。もっともっと、書物のコストを落とさなければ、受験者の幅は狭まってしまうだろう。

「紙を……いっぱい作れるようにせなあかん。そんでもって、印刷技術があれば……あと、義務教育や。誰でも字の読み書きができるようにならんと意味ない。せやなかったら、制度ばっかり整えても無駄や」

せめて、中流層の庶民が気軽に本を買えるようにならなければならない。そして、学校を作って文字の読み書きを教えたら、貧民層の暮らしも少しは明るくなるだろう。学があるだけでも、職の幅がグンッと広がる。識字率があがったら、図書館もほしい。たくさんの蔵書読み放題は、今思えば贅沢なシステムだ。

「鴻徳妃は、大変視野がお広いですね」

「……褒めすぎや。飴ちゃんしか出ぇへんよ」

男装していても、飴ちゃんは携帯している。蓮華は懐紙に包まれた飴を取り出し、颯馬の手にのせた。

「この辺りが、凰朔の歴史を記した書ですね。こちらが、詩編です」

などと、颯馬は書庫内をおおまかに説明してくれる。

「ほーん……本だけに」

蓮華は、手近な歴史書をめくってみる。

凰朔国の歴史はだいぶ大雑把だ。古い王朝の記録は有耶無耶《うやむや》なのか、明らかに創作された神話とごちゃ混ぜになっている。

これは、凰氏の治世の前、王朝が変わるたびに書物を燃やしてきたことに起因していた。いわゆる、焚書《ふんしょ》だ。前王朝の記録を歴史ごと抹消する行為だった。

それをやめたのは、凰の高祖。彼は即位後、書を燃やすのを禁じ、悪《あ》しき慣習を断ち切ったのである。

「あれ……?」

パラパラとめくった書物の内容に、蓮華は眉を寄せた。

これ……うちが知っとる歴史と、ちゃう……?

軽く目を通すと、そこには伝説ではなく史実が書かれていた。

ここは皇城。公には、失われたとされる史料も、ごくわずか保管してあるのだろう。

日本でも、政党が変わった瞬間に発見され、公開された文書があると、ニュースでやっていた。

ほんまおもろいやん……?

「こっちから、蓮華の声がしたような……!」

「もう、鴻尚書殿。それは本日何度目ですか。乍《さく》殿が来るまで待てぬのですか!」

「だって、蓮華が来るのならば、あれを用意しておきたいではないか」

「ずっと、椅子にかけて準備されているでしょう!?」

「それでは目立たぬ」

いやあ、まさしく……お父ちゃんの声やん……。

蓮華が書物を閉じると、颯馬がクスリと笑う。自分、今日めっちゃ笑うやん。

「お父ちゃん！」

蓮華は書架から、ぴょこりと顔を出す。

奥の部屋から、こちらを見る人物と目があった。太っているわけではないが存在感のある丸顔に、ぱっちりしたお目々。自慢の髭《ひげ》は、手入れされて整っている。ゆったりとした袍服の刺繍は金ピカの鳳凰《ほうおう》。官吏というより、貴族みたいだ。天明の私服のほうが、よっぽど地味である。というか、官吏は官吏の服があるはずやけど、それどこやったん。あいかわらず、フリーダム。

鴻柳嗣。礼部尚書に任命された——蓮華の父親だ。

「ほれ、やはり蓮華だったではないか！　蓮華、久しいな！」

隣にいるのが、侍郎の李舜巴なのだろう。茶がかった髪を一まとめにし、冠をのせている。こちらは、きちんと侍郎職の服を着ていた。ザ・官吏。

細い目の下にクマができており……なんとなく、ポジションを察してしまった。これは、苦労している人間の顔だ。

「やっほー、お父ちゃん。来たで！」

「なんだ、後宮へ入っても妙な訛りが消えておらぬではないか。陽珊が指導しているのではないのか……」

軽くあいさつすると、柳嗣は腰に手を当てた。礼儀作法がなにもできていないと、怒られる流れだ。普通は。

「きっと、後宮でもさぞ目立っているのであろうな。そういうところを、主上がお気に召したにちがいない。さすがは、我が娘!」

「あ、うん」

目立っているのは否定できないので、蓮華は流しておくことにした。本当は皇帝の寵妃でもなんでもないというのは、伏せよう。

舜巴が、柳嗣の隣で息をついていた。

凰朔の官吏制度は、いわゆる三省六部《さんしょうりくぶ》に分類される。

門下省《もんかしょう》、尚書省、中書省《ちゅうしょしょう》が三省。そのうち、中央官庁の役割をするのが尚書省である。ここには六つの部門が設けられており、総称して六部と呼ぶ。三とか六とかややこしいが、下に行くほど部署が枝分かれして増えていると考えればいい。ピラミッド式や。

もちろん、すべての頂点は皇帝だ。制度だけなら中央集権国家の形を成している。

権力の実情は、もっとフクザツなのだが……。

鴻柳嗣は、六部のうち一つ。教育や文化事業、外交などを担当する礼部の一番偉い人だ。改めて考えると、かなりの高官である。

礼部尚書には個室が与えられており、それがこの書庫の奥の部屋だ。

うん。ここが、礼部尚書の……執務室……。

「めっちゃ派手やん」

入った瞬間、蓮華は思わず口にした。ツッコミを入れたというよりも、素だった。

「どうだ、蓮華」

「まるで実家のような安心感」

予想はしていたが、柳嗣の執務室ははちゃめちゃに飾ってあった。

調度品はどれも一級品。金具は金ピカで統一されている。明かりは西域から取り寄せた、ガラス製のキラキラ綺麗なランプがいっぱい吊り下がっていた。オリエンタルすぎだ。壁にも派手な布地が垂らしてある。

芙蓉殿をタイガースカラーで染めあげた蓮華が言うのはおかしいかもしれないが、派手好きな柳嗣の性格が色濃く反映されていた。ギラッギラだ。ミラーボールがないだけマシかもしれへん。

成金上等ルームにリフォームされた執務室とは対照的に、舜巴の顔が暗い。まるで、地獄を歩かされているかのような面持ちだった。

「よく他部署の者が見物に来るのだ。なにせ、私は目立つからな」

「うん、それ珍獣見にきてるんやと思うで」

あー、実家を思い出す。猛虎飯店へ行ったばかりなので、余計にそう感じた。

しみじみと、蓮華はもう一度室内を見回し――こ、これは!?

「え……なあなあ、お父ちゃん!?」

窓際の長椅子に、風変わりな柄物がかけてある。

動物の毛皮……黄と茶がベースの斑模様《まだら》……この柄は――！

「ああ、そうだった。こいつを蓮華に見せたくて、持ってきたのだ！　蓮華、この最高に派手で勇ましい奇妙な虎の柄は、お前が探していたものではないのか？」

柳嗣は、どや顔で毛皮を広げて笑った。嬉しすぎて、蓮華の胸はトゥンクと高鳴ってしまう。

「豹柄《ひょうがら》や……！　お父ちゃん、虎やないで。豹や！」

「おお、そうだ。そんな名前だったな！　西域からやってきた商人が、叩き売りしておったのだ。もったいない。こんなに派手なのに」

柳嗣から豹の毛皮を受けとって、蓮華は頰ずりをする。

虎柄もいいが、豹柄がずっと欲しかった。凰朔国には豹がおらず、西域からの商人たちに聞いても「知らぬ」とフラれ続けていたからだ。蛸と同じく、見つからないのではないかと危惧していた。

「会いたかったで。豹柄ちゃん！」

「さすが、我が娘。似合っておるぞ！　派手だ！」

毛並みもよくて、つやつやだ。触り心地も悪くないので、蓮華はつい肩からマントのように羽織ってみせた。雄々しく目立つ娘の姿に、柳嗣も大喜びである。

もしかすると、蛸も手にはいるかもしれん！

残念ながら、建国祭の屋台に並べたタコさんウインナーは一個も売れなかった。無念すぎる。タコさんウインナーを使って、蛸の姿を啓蒙しようという蓮華の目論見は泡と消えた。

だが、この世界には豹がいる。ならば、蛸も手に入ると信じたい。ちゃんとした、ほんまもんのたこ焼きを食べられる日が来る。

うちの未来は、明るい!!

「あのぅ」

豹柄を羽織ったまま、くるくると回転する蓮華に、ひかえめな声がかかる。

「申し遅れました。李舜巴です」

たぶん、「この人やろうなぁ」と、なんとなく空気で理解していたので、思わず

「知ってたで」と言いかけたが、蓮華はぐっと呑《の》み込む。せっかく、律儀に自己紹介してくれたのだ。こちらも、「鴻蓮華です。父がお世話になっておりますわ……今は陳蓮とお呼びください」とあいさつした。いまさら。ていうか、ほっといて豹柄トークしてて、ほんますんません。

それでも、舜巴は人のよさそうな笑みを浮かべてくれた。絶対、ええ人やん。

「お父上と、よく似ていらっしゃいますね」

などと言うので、蓮華と柳嗣は顔を見あわせて首を傾げた。

「そうですか?」

「そうかのう?」

声がそろったので、颯馬まで笑いはじめる。

顔はそんな似てへんと思うけど。

「とても似ていらっしゃいますよ。紛うことなき、親子でございます」

颯馬にも太鼓判を押される。

柳嗣には、蓮華のように前世の記憶はない。蓮華は前世を思い出してから、物の考え方も性格もガラリと変わってしまったので、正直、もう別人みたいなものだった。

それでも、なぜか……蓮華は「柳嗣に似ている」と前々から言われる。おそらく、記憶をとり戻す前よりも。というより、幼少期の蓮華は、「本当に我が娘だろうか?」

と柳嗣から疑われるくらい、大人しくて引っ込み思案な人間だった。ザ・お嬢様。

おかしな話だ。

しかし……前世の蓮華には、父親がいなかった。物心つく前に、事故で亡くなってしまったらしい。大阪のオカンが女手一つで育ててくれた。なので、蓮華にとっては柳嗣こそが父親であるという感覚も強い。前の父親を知らないので、余計だろう。

逆に、鴻家の母親はずっと前に亡くなっている。だからだろうか。今の蓮華は「一人親」という感覚が薄い。思い浮かぶ母は、大阪のオカンだし、父は鴻家のお父ちゃんだ。

「それより。ちょうどいいと言えば、ちょうどいいのかもしれない。

なあなあ、お父ちゃん。早速やけど、この豹柄売っとる商人、仲介してくれへん？」

「よいぞ、よいぞ。そう来ると思っておったわ」

蓮華はキャッキャッと声を弾ませながら、柳嗣にせがむ。柳嗣も、快諾してくれた。

その後、柳嗣の自慢話を聞いたり、後宮での暮らしぶりを話したり。プチ里帰りした気分で、なんかすっきりする。

ちなみに、帰り際。なぜだか、舜巴から大変に感謝された。

柳嗣の話し相手を蓮華が引き受けたおかげで、職務がはかどったそうだ。柳嗣はトンチンカンな思いつきを仕事に持ち込んだり、無茶な要求をしたり等の駄目上司ではないが……私語が多く、話があわせにくいので、舜巴はつきあいに苦労していたのだという。

ぜひ、また来てほしいと、手をにぎって懇願された。

うん……みんな、大変そうやな。

二

野球の練習、指導をしながらコ・リーグ設立に向けての調整。降誕祭のために、漫才のネタ出しもしつつ、劇場準備にも追われる日々。加えて、柳嗣のお守りをしに、礼部へ行く機会も増えた。

蓮華は「忙しい」を絵に描いた毎日を送っている。繁忙期だ。もちろん、後宮での商売も順調だった。

「ナ、ナンデヤネン！」

響くのは、甲高いツッコミ。

「どうですか、蓮華。わたくしの突っ込みは、とても美しいでしょう！」

ツッコミの張本人である夏雪は、胸に手を当てて得意げだ。パンッパンッと、ハリセンを鳴らす姿だけは、異様にサマになっていた。

「う、うーん……ビミョー……」

蓮華は夏雪から目をそらしながら答えた。見守っていた陽珊も、同意するかのように苦笑いを浮かべている。

「どうしてですか！　わたくしの突っ込みのどこが駄目なのですか！」

夏雪が頰を紅潮させる。

猛虎飯店での庶民あるある研修は、ローテーションで定期的に続けていた。今日は夏雪と仙仙が猛虎飯店に来ている。今は研修の休憩がてら、ネタを蓮華が確認中だ。

台本は基本的に、夏雪たちが考える。本人たちが自分でネタ出しをして、自然体で演じるほうがいい漫才になるのだ。

だから、あまり口を出したくないが……いや、ネタはいい。そう悪くないと思う。

「ツッコミっちゅうか……あってないんやわ」

仙仙はともかく、夏雪の大根がひどい。歌も舞踊も上手く、野球までこなすが、演技だけはからっきしだ。こんだけ万能やのに、なんでや。

セリフは覚えられるし、棒読みというわけでもない。なにが駄目かというと、キャラクターになりきれないのだ。いつもの高飛車で自信満々のお貴族様っぽさが、どうしても抜けていなかった。

「夏雪はボケがええと思うねん。素に近づけたほうが、ええんとちゃう？」

滲み出る高飛車御貴族様オーラは、庶民あるある研修でも矯正できない。演技力がない以上、素の夏雪に近いキャラクターを設定すべきだ。

あるいは、大根過ぎて演技もできなければ、セリフも覚えられない傑のように、黒子役に徹するか。だが、これについては、負けず嫌いの夏雪が絶対に承諾しないので、蓮華はあえて提案しなかった。

「わ、わたくしは……突っ込みには向いていないのですか？」

マイルドに伝えたつもりだったが、夏雪にはショックだったらしい。眉尻をさげて、しょんぼりとうつむいてしまう。

「野球と同じで、向き不向きがあるんや。ほら、夏雪はうちみたいな投手《ピッチャー》になられへんけど、後宮で一番の二塁手《セカンド》やろ？」

二塁手としての夏雪はすごい。俊敏で身軽なので、忍者みたいに守備範囲が広かった。ファインプレー連発で、誰もが認める牡丹鯉団《ぼたん・かーぷ》の名選手である。

「後宮で一番の……二塁手……？」

夏雪が顔をあげてくれる。しょんぼりとしていた表情に、少しだけ光が射した。

「せや、夏雪は一番の二塁手や。ゴールデングラブ賞も夢やない！　今度は、ボケの頂点をとるんや」

「後流伝《ごるでん》？　……わたくし、呆けなら頂点を目指せるのかしら？」

「夏雪は素がおもろ——いや、個性的やからな。その個性を活《い》かす方向でネタ考えたほうが、絶対ウケんねん。唯一無二の独自性は強いで。なにより、ちょっとボケてる女の子って可愛《かわ》えし！　きっと、人気も出るはずや！」

しょげしょげだった夏雪に、笑顔が戻ってくる。自信を取り戻した様子で、背筋をピンッと伸ばした。

「そ、そこまで言うのなら……いいでしょう。わたくし後宮で一番の、いいえ、凰朔で一番の呆けを目指します。これも凰朔真駄武《まだむ》への一歩ね」

だんだん夏雪の扱いに慣れてきた。蓮華は機嫌を損ねないよう、「よっ！　大統領！」と、大きく手を叩く。

「では、陳賢妃。呆け突っ込みを交替して、台詞を考えなおさねばなりませんね」

さすがの仙仙は真面目で順応が速い。早速、夏雪とネタの練りなおしをはじめた。

ときどき、「忘れないよう、碑文に残しましょう」などと聞こえてくるが。

「陽珊、うちらもネタ出ししよか」

「はい、蓮華様」

蓮華は陽珊とコンビを組む予定だ。いつも一緒にいるので、もともと息ぴったり。

ネタ出しや練習もやりやすかった。

「祝い事で爆竹鳴らしがち」

「あるあるですね」

まずは、凰朔での「あるあるネタ」を出していく。蓮華は共感しやすい祭りあるあるに絞った。

「主上さんの絵姿、祭りの露店で売られがち」

「あー、あるあるでございます。よく見ますね」

「でも、本物のほうが、何倍も顔がええ」

「わかります、わかります。主上は見目が華やかでございます」

「そのご尊顔を、刺青《いれずみ》に彫る兄ちゃんも出てくるかもしれへん」

「うーん、あるのかもしれないですね？」

「仕舞いには、絵だけやなくて刺青彫られた兄ちゃんも、店で売られんねん」

「なんでやねん！」

陽珊から蓮華に、ビシッと鋭いツッコミが入った。ネタ出しの段階なのに、キレッキレッのドツキ込みである。イントネーションも完璧だった。

「はっ……ま、またやってしまいました……蓮華様のせいです！」

陽珊はツッコミを口走った自らの唇を両手で押さえ、急いで首をふった。漫才のネタ出しなのだから、むしろいい傾向のはずなのに。

「大丈夫や。陽珊も立派な大阪マダムになれるで」

「せやから、ちゃいます——うっ」

また大阪弁が飛び出して、陽珊は唇を噛む。

めちゃくちゃ悔しそうな陽珊とは裏腹に、蓮華は声を出して笑った。

漫才のネタを考えたり、従業員として働いたり、新作かすうどんの試食をさせられたり……猛虎飯店での時間は、後宮よりも密度が高い。いや、後宮にいても、蓮華は忙しく走り回っているから、変わらないか。

「え？　うちにお客さん？」

猛虎飯店へ、蓮華の客人がくるなんて想定していなかった。なにせ、蓮華は後宮の妃なのだ。秀蘭の許可がなければ、本来はこんな場所にいない。

「露店のオッチャンやろか？」

先日、露店で野菜を売っているオッチャンにサービスすると約束した。物盗りを捕まえる際に投げた瓜を買い取るとき、逆におまけしてもらったので、うんと奮発しなくては。

「いいえ、女性ですね」

猛虎飯店の店長も困った様子であった。

蓮華は客人を待たせているという席に視線を向ける。いきなり近づくよりは、遠くからうかがったほうがいい。

「あ……」

見覚えのある女性だ。

「璃璃さん？」

先に名前を呼んだのは、そばにひかえていた陽珊だった。親戚なので、蓮華よりも早く名前と顔が結びついたのだろう。

どうして、璃璃が？　彼女を物盗りから助けたのは、記憶に新しい。けれども、璃璃が再び蓮華を訪ねる理由がわからなかった。

蓮華は早足で璃璃に近づく。陽珊も、心配そうに蓮華のうしろを歩いた。

「こ、鴻徳妃……」

近づいてくる蓮華に気づき、璃璃が立ちあがった。そばかすの散った顔や、親しみやすい雰囲気は以前会ったときのままだ。

しかし、その表情は重かった。なにかを思い詰めて、暗い雰囲気をまとっている。

まっさきに、齊玉玲の顔が浮かんだ。

なぜ、璃璃がこんな風に訪ねてきたのか。それは、彼女の主人に関係していると、蓮華は直感的に悟ってしまった。

玉玲には関わるなと、天明から釘を刺されている。ここで璃璃の話を聞けば、蓮華は天明の意思に背くことになるだろう。

それに……星霞のこともある。

お節介を焼いても、また裏切られるかもしれない。璃璃は齊家の人間に仕えていて、遼家と無関係とは言えないのだ。罠《わな》かも。

「どないしたん？」

それでも、蓮華は問いかけずにはいられなかった。だって、目の前にいる璃璃は、こんなに切羽詰まった表情をしている。困った人間を前にしたら、手を伸ばす。それが大阪マダムたるオカンの信条であり、蓮華の理想でもある。

「大小姐を――主人を救ってはいただけませんか……？」

声には悲痛な色が込められていた。そして、蓮華の予感は的中している。

危ないかもしれない。こんな風にすがられたら……蓮華には、拒めない。とにかく、璃璃から事情が聞きたかった。

「お待ちください」

けれども、蓮華が手を差し伸べる前に、誰かがピシャリと遮った。

まっすぐな声を発していたのは劉清藍だ。いつもの大声ではない。思わずふり返ってしまう、強い語気を含んでいた。

「一度目は、鴻徳妃のお顔を潰すまいと黙っておりました。しかし、二度目はそうもいきませぬ。この者は齊家の奉公人でしょう？」

璃璃の素性を教えた覚えはないが、清藍は気づいていたようだ。建国祭や、他の催事で璃璃が玉玲のそばにひかえているのを見たのかもしれない。

「これ以上の接触は勧めません」

清藍は強い口調で述べ、蓮華にも視線を向けた。たとえ、蓮華が「ええんや」と言ったところで、彼は引きさがらないだろう。今、清藍をさがらせることができるのは、おそらく、天明か秀蘭くらいだ。

蓮華は拳をぎゅっとにぎる。

困ってる人がおんのに、なんもできへん……。

「……いややわぁ」

蓮華は悔しさを呑み込みながら、作り笑いを浮かべた。

「このお客さんは……今、お持ち帰りのご注文をされました。陽珊のご親戚やさかい、うち直々にたこ焼きを焼いてほしいって、頼まれたんですわ」

清藍が険しい表情で、蓮華を睨みつける。しかし、蓮華は気にせぬ素振りで腕まくりをした。

「さ……左様にございます。蓮華様のたこ焼きを、叔母に振る舞いたいと、私がお頼み申しあげました」

とっさのアドリブだったが、うしろにいた陽珊もあわせてくれた。彼女も、璃璃を庇《かば》いたかったのだろう。

二人からそう言われ、清藍は口を閉ざした。が、すぐに璃璃のうしろへ立つ。

「あいわかった。では、この者を見張らせていただきましょう。鴻徳妃、たこ焼きを急がれよ……ただし、主上にはご報告いたします」

「わかりました、すぐに」

蓮華は愛想よく笑いながら、くるりと踵を返した。三《スリー》アウト、攻守交代。

ここは退くしかないな。

三

せやけど、退くばっかりじゃ勝てまへん。

攻めなあかん。

「な、なんだ……？」

目の前で、天明の顔が引きつっていた。しかし、蓮華はそんなことでは引きさがらない。今日は攻めたるって決めたんや。

「報告は受けとるんやないですか？」

蓮華はできるだけ真面目な顔を作りながら胸を張った。

天明が戸惑っている理由も、なんとなく察している。

昨日、蓮華は後宮で天明を待っていた。一応、正座して。ところが、清藍から報告を受けていたはずなのに、天明は芙蓉殿を訪れなかったのだ。

今日も待とうかと思ったが……ええい、うち忙しいねん！　来んのやったら、こっちから攻めてやろうやないか！　乱闘や！　乱闘上等や！

というわけで、蓮華は颯馬に頼み込んで、自ら皇城にある天明の執務室に乗り込んだ。もちろん、しっかり男装して「陳蓮です」という顔をしている。どんな顔かと言われると、こんな顔としか言いようがないけど。

「劉清藍から聞いているが……お前も引きさがったと報告された。だから、さすがに理解しているのだと思ったが、ちがうのか……？」

天明が言うように、蓮華は退いた。あの場で、清藍に命令をくだせる立場ではなかったからだ。

だから、蓮華は改めて天明に交渉したかった。

「主上さん、おねがいします」

蓮華が頭をさげると、天明のため息が聞こえてきた。

「今度はなにをやらかすつもりなのだ。齊玉玲には関わるなと、言ったはずだぞ」

天明の声に鋭さはなかった。従わせるような威圧感もなく、ただ蓮華と話しあいたいのだと伝わってくる。蓮華はそろりと頭をあげた。

肘掛けにもたれ、蓮華を見据える天明に表情はない。

「璃璃を……玉玲さんの従者は、うちに助けを求めたんです。玉玲さんを救ってほしいって、懇願されました……うちは、璃璃と話がしたいんや」

悲痛な璃璃の様子を思い出した。そして、その姿は建国祭で会った玉玲や、蓮華が救えなかった星霞とも重なる。

「璃璃を後宮へ呼べないでしょうか」

せめて、話だけでも聞きたい。蓮華を頼ってくれた彼女の助けになりたかった。

「無理だな」

天明は表情を変えないままだった。責めるような口調ではなく、あくまでも蓮華に言い聞かせていると感じる。

「主上さん、なんで玉玲さんが嫌いなん？」

なんで、と言われても……天明にとって、玉玲は自分に毒を盛った女性だ。答えは明白だった。

それでも、蓮華は天明の答えを聞いてみたい。

「前に、言うてたでしょう？　悪事を働くのは、悪人ばかりやないって」

あれは、天明が玉玲を悪人だと思っていないから出た言葉だ。

天明は最黎皇子を慕っていた。最黎の母である玉玲の人となりも、よく知っていたのではないか……根拠のない勘だ。

「話だけでも聞きたいんです」

天明が、じっと蓮華の顔を見据える。

こちらの考えが伝わっているのだろうか。いやに長い間があった。

「……駄目だ。許可できない」

天明の答えは変わらなかった。

「そうですか……」

蓮華は目を伏せる。

「お前になにかあると困る。お前は他人の世話は焼くが、自分には鈍感だ。行動することで、どういうことが起きるか想像しろ」

「それは……」

星霞の顔が浮かんだ。

今でも、夢に出てくる。もっと……話をすればよかった。

蓮華がすぐに手を差し伸べていれば、星霞の運命は変わったかもしれない。けれども、彼女に裏切られて、蓮華はなにを言えばいいのかわからなくなっていた。蓮華はいったん、星霞を突き放してしまったのだ。

また裏切られたら、どないしよう。

同時に、蓮華はあのときの後悔を払拭する機会を求めていた。

「これは独り言だ」

黙り込んだ蓮華を前に、天明はそう宣言した。蓮華は視線を持ちあげるが、天明は椅子から立って、窓辺へ歩いていく。

「まず、後宮に何者かを入れると母上の耳に入る可能性が高い。それが齊玉玲の従者であるならば、なおさらだ」

あ……蓮華は口を手で塞いだ。入り口をふり返ると、颯馬が「誰もいませんよ」と、ジェスチャーで示してくれた。

これは独り言ではない。他の人間に聞かれると、不味《まず》い話だ。

「加えて、お前に市井《あちら》へ出る許可を出しているのは母上だ……清藍は、俺に寄越《よこ》したのと同じ報告を母上にもしただろう。清藍の前で行ったことは、すべて筒抜けと思ったほうがいい」

蓮華が璃璃に接触する許可を、天明は出せない。それは必ず秀蘭に露見するからだ。

秀蘭は我が子を守って、前帝を見殺しにし、最黎皇子を毒殺した。彼女は天明を守るためなら手段を選ばない。今、玉玲が少しでも天明に近づくなら、排除するはずだ。

天明のそばにいる蓮華との接触も、危険と見なす。

「お前は聡いが、人の悪意や裏に鈍感すぎる。周りの気苦労も考えてくれないか」

「主上さん……おおきに」

「独り言だ。わかったら、さっさと行け」

蓮華は返事の代わりに、踵を返して歩き出した。

　　　　　四

――蓮華様、どうして助けてくださらなかったの？

少し、夢を見る回数が減った。

そう実感するたびに安堵する一方で、忘れてはいけないという焦燥感がある。こんなものに支配されていてはいけない。わかっているのに、どうにもできなかった。暗いところにいると、いつも考えてしまう。目の前に、ぼんやりと顔が浮かんでくるのだ。首だけになった遼星霞が、蓮華をじっと見ている。

そんな夢だ。

「蓮華様、蓮華様」

コツコツ。と、頭の上辺りで音がした。蓋を手で叩く音だ。

蓮華は暗い方向へ転がっていた思考をやめて、目の前の闇を両手で押す。すると、カコンッという音とともに、木製の蓋が開いた。

隙間から光が射す。

「んんーッ。あー、狭かったぁ」

身体を起こすと同時に、まぶしさで目がくらむ。蓮華は目をこすりながら、背筋を伸ばした。

視界が光に慣れてくると、目の前に広がる景色が認識できる。晴れ晴れとした青空と、所狭しと建ち並ぶ商店。人や荷馬車が行き交う雑踏は、後宮にはないものだ。しかし、蓮華にとっては馴染み深い――梅安の外城だった。

「ほんま、おおきに」

荷馬車の主に向けて、蓮華は歯を見せて笑った。

天明からヒントを示され、蓮華なりに考えた結果だ。秀蘭の耳に入らない形で、璃璃への接触をはかることにした。

漫才の「庶民あるある探し」のため、妃たちの研修を定期的に開催している。後宮から街へ出る貴重なチャンスだった。

猛虎飯店の従業員と陽珊に頼み込んで、蓮華を荷物と一緒に運び出してもらったのだ。これで護衛の清藍や兵士たちを出し抜いた。

蓮華の身代わりは陽珊がつとめている。個室で新メニューの試食中、という設定だ。陽珊が蓮華の真似をして、外にいる清藍たちに声を聞かせていた。声そのものは似ていないが、陽珊の大阪弁は蓮華に近づきつつある。親しくない清藍たちを欺くには充分だった。

人を騙《だま》すような真似は、あんましたくなかったんやけど……。

「ついたのかい……？」

隣の木箱が開いた。中から、小柄な娘――傑が顔を出す。

傑は、淑妃である王仙仙の侍女だが、それだけではない。

東京《とうきょう》生まれ、浅草《あさくさ》育ち、大工として腕をふるったが、銭湯で転倒して転生したという前世の記憶がある。つまり蓮華と同じく、日本からの転生者だ。ちなみに、巨人《きょじん》ファンなので、蓮華とは絶妙に趣味が嚙みあわない。

地域はズレるが、同郷ということで、お互いの正体を知ったあとは、ときどき相談などをしていた。

火事と喧嘩《けんか》は江戸の華とは言うが、腕っ節が強いので護衛としても信用に足る。小《ち》っちゃくて可愛らしい見目からは想像できないが、野球では優秀なホームランバッターでもあった。背番号は三番で、ポジションは三塁手《サード》。後宮に水仙巨人軍を結成した人間だ。

「は一あ……まったく、本当に人が好すぎるってんだよ」

傑は固まった関節を鳴らしながら起きあがる。武器として持ちあげたのは、バット
だった。それも、彼女のために特注で作った金属バット。

後宮の試合では、木製バットを使用している。凰朔国は金属加工技術が高いが、女性でも扱える重さのバットは作れないからだ。

だが、傑はこれを軽々と扱える。公平性を考え、試合での使用は認めていないが、武器として持ち歩いていた。ほとんど棍棒《こんぼう》なので、攻撃力は下手な剣よりも高い。

「傑は、来てくれたやないの」

「てやんでぇ。お前さん、放っておくと一人でも行くじゃねぇか。それで死なれっと、後味が悪《わり》ぃんだよ」

「簡単に死なへんって」

「人が簡単に死ぬんだよ。こっちの世界は」

傑の吐き捨てるような言葉が、妙に重い。

この世界は、日本と命の価値がちがう。それは、商家の令嬢として蝶よ花よと育てられた蓮華よりも、荒っぽい世界で生きてきた傑のほうが、よく知っている。

蓮華も……後宮に入って、命を狙われて初めて実感した。

「傑かて、めっちゃお人好しやないのん?」

「うるせぇやい」

傑は「ヘンッ」と鼻を鳴らして顔をそらす。照れているみたいだ。

「うちは、星霞を救われへんかったから……」

もっと図々しく、手を差し伸べていればよかった。

「まだ言ってやがる。お人好しも、そこまで行くと強迫観念みてぇだな……世話焼きってのは、義務じゃあねぇんだぞ」

お人好しは義務ではない。蓮華は星霞とわかりあえなかった強迫観念に駆られているのかもしれない。あのときの消化不良を、璃璃たちに重ねようとしている。

「お前さんのは、ただの自己満足で偽善だ。命をかける意味が、俺には、とんと理解できねぇや」

傑は言葉を重ねながら、蓮華の顔をのぞき込む。

目をそらせる雰囲気ではない。左右で色のちがうオッドアイが神秘的で、吸い込まれそうな魅力を持っている。

「でもよ。俺ァ、やりてぇことを突き通す女が好きなんだ。前世の上《かみ》さんが、そういう女でさ。お前さんは……上さんと、仙仙の次くらいには、嫌いじゃないよ」

傑は言いながら、蓮華の頭をグシャリとなでる。乱暴すぎて髪が引っ張られるが、彼女なりの喝なのだと理解した。

「まあ……妃のくせして、服をどんだけ安く買ったか自慢してくるケチくささは、嫌いだけどよ」

「それは、大阪人の性《さが》や。堪忍してや」

「どうせなら、高級ブランドでも自慢しやがれ。金持ちじゃねぇのか」

「無駄遣いはせんのや。安くてええもんを選び抜くスキルが大事なんや」

東京の人間は値段が高かったことを自慢するが、大阪の人間はいいものをどれだけ安く買ったかを自慢する。品物というより、買い物上手をアピールしたいのだ。そういう人種である。

「しょうがねぇなぁ……そいじゃあ、とっとと行くぞ」

傑は小言を言いながらも、蓮華についてきてくれた。

璃璃が指定した店は、ここから少し離れている。蓮華も行ったことがない……外城でも、ここよりも治安の悪い場所であった。内城から遠いほうが、二人を知る人間がおらず、接触が露見しにくいと考えたのだと思う。

あれから、陽珊を通じて短い手紙のやりとりをしただけだ。

璃璃は、どんな話をするのだろう。

玉玲を助けてほしいとは、どういう意味なのか——。

❀　❀　❀

「本当に、人が好い女だ……」

ため息をついたのは、本来、ここにいるべきではない人間だった。

その人物は、雑踏を避けるように、路地から顔をのぞかせる。艶やかな髪や、きめ細やかな肌からは、高貴な人間の気品が漂っていた。しかし、彫りの深い顔立ちや、茶がかった髪色は、純粋な凰朔の貴人には珍しい。西域の雰囲気があった。

まさか、凰朔国の皇帝——天明がこんなところにいるなどと、思う者はおるまい。

「主上、近づくと気づかれてしまいますよ」

颯馬の制止を聞き、天明は路地から出した顔を引っ込める。しかし、あまり隠れることに注力すると、蓮華を見失いそうだ。

蓮華に助言すれば、実行するのは、わかりきっている。だからこそ、天明は蓮華が市井へ行く日を清藍から聞き出していた。

市民に紛れて配置された護衛に成りすまし、自らも宮城から出たのである。無能を装っていた時期ならともかく、我ながら皇帝らしからぬ行動だ。

「ご心配なら、一緒に行くと言えばよかったではありませんか」

颯馬に指摘され、天明は口を曲げる。横目で蓮華の姿を確認すると、こちらの気など知らず、暢気《のんき》に笑いながら街路を歩いている。

天明は少しばかりの苛立ちを、ため息で吐き出した。ここのところ、ため息が多い。蓮華からは、よく「幸せが逃げていきまっせ」と注意される。

「うるさい」

蓮華と一緒に行くと申し出なかった理由など……天明自身、はっきりしない。喉から出かかったが、言えなかったのだ。

助言まで与えておいて、どうして。それは俺が聞きたい。

ただ、蓮華を前にすると、言葉が素直に発せられない瞬間がある。意に反することを言ってしまう。

本当のところは、蓮華を後宮に閉じ込めたい。芙蓉殿から一歩も出られぬよう、厳重に警備させたかった。けれども、それは蓮華の望みではない。あれは束縛を最も嫌う女だ。

あんな奇人に、愛だの恋だの、抱くはずがない。だが、蓮華を自分だけのものにしてしまいたい——そういう欲があるのは、たしかだった。

本来であれば、妃は皇帝の所有物だ。

なのに、蓮華という妃は、天明のものではなかった。いつだって、他人のために要らぬ世話を焼き、騒がしく駆け回っている。決して、一箇所には留《とど》まってくれない。欲しいだけだ。あれを所有してみたいという好奇心。

天明には、今の感情をそう解釈するしかなかった。そして、このような稚拙な思考を、当の蓮華には見せたくない。考えるほど、言葉が出てこなくなってしまう。

「すっかりご執心ですね」

颯馬から言われるのは何度目か。

そのうち飽きるはずだ。放っておいてほしい。

「おい……あの店はまずいだろう」

蓮華たちは外城を外側に向かって歩いていく。

天明は幼いころ、秀蘭に連れられて貧民街で施しを行っていた。だから、市井の暮らしも初めて見るものではない。蓮華たちが入っていった店が、どういう目的で利用されるのかも知っている。

広義には、飲食店だが、それは表向きの話である。二階では、別の商品を客に提供する――花街で遊ぶほどの金がない客が使う店だ。

「どうして、よりにもよって、あんな店へ入るのだ」

「では、主上。鴻徳妃を連れ戻しますか？」

焦る天明に、颯馬は事もなげに答える。普段から、感情表現が苦手な従者ではあるが、こういうときは、殊更人間味が失《う》せる。

「……いや、様子を見る」

天明は、蓮華たちを追って店へと入る。

客が多いせいか、中の空気がこもって淀《よど》んでいた。窓が小さく薄暗いので、陰気で不衛生な雰囲気が漂っている。

天明たちは蓮華に見つからぬよう、少し離れた席に座った。

蓮華は店で待っていた女の客に、明るくあいさつをしているところだ。あれが璃璃という従者だろう。

「お兄さん、色男だね――うっ、す、すみません……！」

蓮華のほうに気をとられすぎて、思わず、卓へ近づいた店員を睨みつけてしまった。店員は天明を怖がって肩を震わせている。

化粧が派手、というより、化粧で顔の幼さを誤魔化していた。こういう店に多い女だ。実情がわかっているからこそ、余計に苛立つ。

「主上、もっと穏やかにしていないと、鴻徳妃に見つかりますよ」

「…………」

天明は卓に肘をつく。なんとか、蓮華たちの話を聞こうと集中した。

五

齊玉玲という女性は、元来、優しく笑顔を絶やさない人であった。

大人しい性分だが、根は真面目で自らに厳しい。正義感が強く、使用人にも、家族と分け隔てなく接していた。旧家である齊家には、珍しい価値観の人間だろう。

そのような性格が災いしたのかもしれない――。

齊家は貴族だが、栄光は翳《かげ》りが出ていた。領地では不作が続き、安易に手をつけた貿易事業は失敗。財産の多くが消えた。前帝の時代から、政の表舞台に上がれず、中央での勢力も失われつつある。残ったのは、過去に誇った栄華のみで、これから没落を待つ運命だった。領地からの収入のみでは、生計を立てられない貴族は、凰朔では珍しくない。齊家も、その一つだ。

そんなとき、玉玲の姉に縁談が舞い込む。古い凰朔の貴族でありながら、未《いま》だに勢力を保つ遼家――遼博宇との縁談だった。経済的に苦しんでいた齊家としては、渡りに船だ。たとえ、それで齊家が遼家の傀儡《かいらい》となったとしても、一族が存続するならば。

しかし、玉玲は姉の結婚相手である遼博宇を警戒した。

端的に言うと、玉玲の警戒心は正しかっただろう。遼博宇は、すぐに傾きかけた齊家を援助する代わりに、齊家のすべてを牛耳りはじめた。

遼博宇は、齊家の領民に不当な重税を課し、搾り取れるだけ搾り取った。その結果、過酷な労働と飢えを強いることになり、数え切れないほどの人が死んだ。失敗した貿易事業も、阿片《あへん》の密輸に利用されてしまう。

皮肉なことに……齊家は経済的に持ち直した。遼博宇の食い物にされていると自覚しながらも、頼らずにはいられない状態となる。

玉玲は、遼博宇からの支配に耐えられなくなっていた。

家が傾いていても、かつての生活がよかった。そのほうが、穏やかに過ごせていたではないか。玉玲は遼博宇に、ささやかな反抗心を抱いていた。

貴族と言っても、齊家は落ち目だ。使用人だって、玉玲は家族だと思っている。そんな彼女を慕う領民もたくさんいた。

だから、彼らの想《おも》いを汲《く》んで、玉玲は遼博宇に直訴したのだ。税を緩めてほしい、と。

当然のように却下された。領民を想うと言っても、玉玲も考えの足りない子供であった。代案もなく、ただ直訴するだけで解決すると思っていたのだから。

だが、その仕置きは考え足らずの娘が受けるには重かった。

ほどなくして、玉玲と懇意にする使用人が一人、解雇になった。彼は齊家に最も長く仕える者で、病気の家族を養っていた。

玉玲は自責の念に駆られ、その使用人の家を訪ねた。お金に困っているのに、自分のせいで解雇になってしまい、申し訳が立たなかったのだ。

けれども、それも甘い考えだった。

解雇された使用人の一家が首を吊っているのを、玉玲が発見した。

一家の自害まで、遼博宇の故意だったのか、それとも、偶然だったのか。だが、追いつめたのはまちがいなく……。

軽率だった。玉玲の軽率な正義感が招いた災いだ。

齊家のほかの人間は、わかっていたから、反抗できなかった。それを、玉玲は身をもって思い知らされたのである。

さらに、玉玲には許婚《いいなずけ》がいた。親同士が決めた結婚だったが、幼馴染みのような存在でもあり、玉玲は彼を好いていた。新興貴族の令息で、落ち目の齊家とも釣りあいがとれている。玉玲は彼と結婚することで、遼家から逃れる日を静かに待った。

だのに、許婚が、唐突に婚約を解消したいと言い出したのだ。一方的な婚約の解消など、普通はありえない。であるのに、あきらかに両家の当主は合意していた。

すぐに、玉玲はその意味を知った。

許婚から婚約解消された直後、玉玲の後宮入りが決まったのだ。

玉玲を後宮に入れるため、婚約を解消させられたのだと悟る──遼博宇が介入したのは明白だった。

遼家の息がかかった皇子、いいや、次代の皇帝を望まれている。遼家に適齢期の娘がいなかったので、玉玲に白羽の矢が立ったというわけだ。

抵抗をすれば、今度は……。

玉玲には、もう反抗する気力は残っていなかった。

一方で、玉玲は安心もした。

遼博宇の意図は明白だが……後宮に入れば、この男から離れられる。そう思うと、どこか気持ちが楽だった。ただ穏便に逃げることだけを考え、玉玲は後宮へあがる。

後宮では、すぐに貴妃の位が与えられた。十中八九、遼博宇が用意していたのだが、それはどうだってよかった。

やがて、皇帝に気に入られ、授かった男児が最黎皇子だ。

後宮に入ってから、順調すぎる。もしかすると、これも裏でそうなるように仕組まれていたのかもしれない。

それでもよかった。後宮での生活が仕組まれた結果であっても、玉玲は子を授かり、穏やかに暮らしているのだから。

いずれは皇帝となるかもしれない子だ。最黎には優しい子になってほしい。民を思える人間に育てたかった。

玉玲のねがい通りに、最黎は穏やかな気性の子となる。母に甘え、桂花殿の者にもよく懐いた。読み書きの覚えも早く、周囲から将来を期待される立派な皇子だった。

だが、後宮では少しずつ暗い影が広がりつつあった。

最黎が健やかに育つ一方で、他の妃が産んだ公主《ひめ》が毒殺される事件が起こる。皇帝の手つきとなった妃が、不審な死を遂げる事故もあった。

玉玲は……それらを、見て見ぬふりをした。

最黎を育て、後宮で暮らす玉玲の生活は満ち足りていたから。子供というのは不思議なもので、気持ちを穏やかにしてくれる。

おねがいだから、壊さないでほしい。

でも、そのねがいも徐々に崩れていく。

桂花殿で毒味役の侍女が倒れた。玉玲や最黎の皿に毒が盛られていたのである。

自分たちを追い落とそうとしている者がいる……否、何人もの妃が狙っているのだろう。そのとき後宮で、健康に育つ皇子は、最黎だけとなっていた。

最黎を産んで五年後、玉玲は第二子を身ごもった。恐れた通り、毒を盛られる回数も増えていく。まるで、周りの女たちが、玉玲の袖をつかんで、前へ進ませまいとしているかのようだ。

いつも見張られている気がした。常に、何者かが玉玲の悪言を耳元で囁く。そして、最黎と、腹の子を殺すと脅すのだ。無論、それはすべて幻聴であり、悪い夢のようなものである。けれども、玉玲の精神を削りとるには充分であった。

不安定な精神状態で産んだ次男は、出産直後に死んでしまう。哉鳴《さいめい》と名づけられた子を、玉玲は抱きしめることすら叶わなかった。

そして……やがて、後宮内に新しい風が吹く。

一介の下女であった娘が、皇帝に見初められ、妃として振る舞うようになったのだ。その妃——秀蘭に、皇帝は正一品の位を与え、とくに寵愛した。それまで、皇帝は何人かの妃のもとへ通っていたが、秀蘭を見出してからは、まさに溺愛《できあい》だ。秀蘭の子が生まれると、すぐに正妃の座にあがる。

笑ってしまうような下剋上《げこくじょう》だった。皇帝の寵愛一つで、後宮での勢力図が瞬く間に塗り変わったのである。

これをよしとしない人間も当然いた。逆に、秀蘭のような女には後ろ盾がないため、「好都合」と考えた者も。

遼博宇は前者であった。

皇帝のお渡りが途絶えた玉玲のもとに、遼博宇からの指示がくだる。それは、命令と呼んで差し支えがないものだ。少なくとも、玉玲にとっては、命令だった。

秀蘭の子を殺《あや》めよ——これ以上、秀蘭の好きにさせてはならない。

玉玲は……我が子が無事ならば、それでよかった。皇帝の座など、天明にくれてやっていい。正妃の位も欲しくなかった。

けれども、子を守るためには、障害を除かねばならない。

天明が育つにつれて、玉玲にかかる圧力は増した。きっと、誰もが秀蘭と天明を追い落とそうとしている。玉玲たちと同じ仕打ちを、彼らも受けているはずだ。しかし、誰も成せなかった。

秀蘭は強い女なのだ。貧民層から成りあがり、正妃におさまったのは運だけではない。なにより、必ず子を守るという気迫を常にまとっていた。玉玲にだって、同じ気持ちはある。負けているとは考えられないが、会話をするたびに、玉玲は彼女との差を見せつけられた。

闘えない。

玉玲には、秀蘭と闘う覚悟なんてなかった。

それなのに、遼博宇から玉玲のもとに毒が届けられる。いつまで経っても行動を起こさない玉玲に対する圧力であった。

追い詰められた玉玲は、ついに天明の毒殺を企てた。天明が信頼している毒味係の宮女を懐柔し、協力させ、天明を安心させて……。

だが、その計画を阻止したのは、ほかならぬ我が子——最黎であった。最黎は天明を救うふりをして、杜撰《ずさん》だった玉玲の計画をもみ消したのだ。

文武両道で賢い皇子だと称されていた。けれども、穏やかで優しく、やわらかい性格に育っている……玉玲には、最黎がそういう人間に見えていた。

実際は、そうではなかったのだと、玉玲はこのとき初めて知る。

最黎は宴《うたげ》の席で躊躇《ちゆうちよ》なく、天明の毒味役を殺した。その判断の速さにも驚くが、これは毒味役の口から玉玲の名が出るのを防ぐためだ。

宴でのできごとの報告を、最黎本人の口から聞いて、玉玲は確信した。

最黎は母親を庇ったのではない。

まちがいなく、最黎は保身のために事件をもみ消した。報告という形をとっているが、最黎の口調は玉玲を責めていた。穏やかさの裏に、詰問の色がうかがえる。

場合によっては、母である玉玲も切り捨てただろう。最黎の中で、密《ひそ》かに育っていた非情さに、玉玲は悪寒が走った。どうして、そうなってしまったのか。最黎は玉玲が大切に育ててきた。なのに、なぜ。

皇帝の器なのかもしれない。国の上に立つ者には、必要な素養……優しいばかりでは、すぐに引きずりおろされる。わかっているのだ。そのほうが、皇帝になる人間としては正しいのだろう。

でも、恐ろしかった。

そして、悟ったのだ。

皇子は後宮に住まうが、成長すると政務を学ぶため皇城へ出入りする。最黎は皇子として優秀さを発揮し、数々の事業に参加していた。貴族や官吏とも交流を持ったはずだ。

遼博宇の顔が、玉玲の頭を過った。

自分が大事に育てていたつもりの子を……奪われた気がしたのだ。

玉玲には、なんの意志も許されない。なんの自由もない。ただの人形。なにもかも、奪われるだけだ。

我が子さえも――。

❁　❁　❁

齊玉玲という女性の違和感。

璃璃から語られた話に、蓮華は耳を傾けていた。

「やがて、最黎様は……いえ、この先は言えません」

話の途中で、璃璃は口を閉ざした。だが、蓮華は続きの話を知っている。

表向きには、当時の宰相が典嶺帝と最黎を殺害し、その罪の意識から自殺したという事件の筋書きになっている。けれども、本当はちがう。最黎が典嶺帝を弑逆《しぎゃく》したのだ。そして、最黎は秀蘭によって毒殺された。これが正しいあらましである。

「後宮を出られるときには、大小姐は変わり果てておられました。私は、お屋敷にいるころから、ずっとお世話をしています。これ以上、苦しむ大小姐を見ているのが辛《つら》いのです……鴻徳妃、どうか信じてください」

璃璃はそう言いながら、頭を深くさげる。卓に額がつきそうな璃璃の姿を、蓮華はじっと見つめた。

「信じるで」

蓮華が一言で返すので、璃璃は頭をあげた。

「お前さん、そういうところがお人好しだって、何度言やぁわかるんだよ」

傑は慣れた様子で息をつき、肩をすくめていた。

「傑も信じるんやろ？」

「阪神が優勝したって幻覚よりは、信憑性《しんぴょうせい》あるんじゃあねぇかな」

「それも、ほんまや言うてるやろ！　令和《れいわ》で阪神優勝したんや！　幻覚やないって。道頓堀に放り込まれるカーネル・サンダースを、うちは救ったんや！」

傑とは、前世で生きていた時期が微妙にズレる。そのせいで、蓮華が阪神優勝の日に道頓堀に落ちて死んだという話を、ずっと嘘だと思われていた。

ほんまやのにぃ。平成は優勝できへんかったけど、令和では優勝したんやー！　ええ加減、信じてくれてもええのんちゃう!?　うちも、ちょっとくらい「あかん阪神優勝してまう」とか、思ったけど。ちょっとだけな。ほんまに、ちょっと。

まあ、それはおいて。

「玉玲さんを助けてほしいって、どういうことなん？」

璃璃は蓮華の問いに、一瞬、唇を噛む。

「……ずっと、大小姐をおそばで見てまいりました。私には、耐えられないのです。大小姐が不憫でなりません」

璃璃の瞳に、涙がにじんで揺れていた。必死に訴えかけている。

「後宮を出てからも、大小姐は逵博宇に脅されて……」

「脅されて？　人質？」

「おそらく……」

逵博宇は人質を盾に、彼女を支配し続けた。玉玲は誰かを守るために、またなにかを強いられているのかもしれない。

「先日、大小姐の部屋に小瓶を見つけてしまいました……もちろん、大小姐は、私に見つからないように隠しておいででした」

璃璃はいっそう声をひそめながら、卓に包みを置いた。蓮華は「開けてええ?」と、確認してから中身を検《あらた》める。

「大小姐が主上の毒殺を計画したときと、同じ小瓶だと思います……」

包みに入っていたのは、たしかに小瓶だ。主の部屋から盗ってきてしまったのだろう。璃璃は言いながら、瞳を潤ませていた。

「大小姐は、また……あの男に……」

遼博宇からの指示内容を、璃璃は知らない。それでも、玉玲に犯行を重ねさせたくない一心で、盗んできたのだ。

「これ、預かってもかまへん?」

本物かどうかも確かめたいので、蓮華は璃璃の了承を得てから、小瓶を懐に仕舞う。

「今は、ビリケ……いや、遼博宇のオッサンが、なに考えてるかわからへん。うちに、どんなことができるか見当もつかんのや……でも、頼ってくれたのは嬉しい。ほんまおおきに。よう言ってくれたわ。めっちゃ勇気いったやろ?」

蓮華は両手で、璃璃の手に触れた。カサカサと乾燥しており、あかぎれもひどい。よく働く人間の手だ。蓮華はその手を、労《いたわ》るように優しくなでる。

「玉玲さんが大好きなんやね」

璃璃の目から涙がこぼれていく。嗚咽《おえつ》を堪えようと唇を噛むが、少しずつ声が漏れてしまう。

ずっと一人で悩んでいたのだろう。玉玲を救うために、なにができるか考えたにちがいない。

悩んだすえに、蓮華を頼ってくれたのが嬉しかった。

蓮華は璃璃が泣き終わるまで、彼女の手をにぎり続ける。璃璃は頻《しき》りに「もうしわけありません」とくり返したが、蓮華は「かまへん、かまへん」と笑った。

時間をかけて、ようやく璃璃の涙が落ち着いてくる。そろそろ猛虎飯店へ戻ったほうがいい頃合いだろう。撤収せな。

「よお、よお。姉ちゃん！」

そのとき、真後ろで突然大きな声がした。蓮華はびっくりして硬直する。

「あんた美人だなぁ」

ふり返る前に、大きくてがっしりした手で肩をつかまれた。指が太くて、爪に垢《あか》が詰まっている。

「な、なんやねん？」

顔を真っ赤にした男性客であった。目が、とろんとして息がくさい。典型的な酔っ払いだ。

店へ入る前、なんとなく嫌な予感はした。ここは、普通の飲食店ではない。二階では、女性が男性に性的なサービスを提供している……いかがわしい店だ。

め、面倒な絡まれ方してしもた……。

「おいおい、てめぇ。こいつぁ、気軽に触れていい女じゃあねぇんだよ」

隣に座っていた傑が、高い声で相手を威嚇《いかく》した。いや、言い方。傑、言い方。

「あん？　なんだぁ、おめぇ？　ちんちくりんなガキが」

「はァん？　誰がちんちくりんっつった！　ガキじゃねぇ！」

背が小さいせいで、完璧に舐められている。傑は苛立ちながら、鉄のバットを肩に担ぎ、ガンを飛ばした。ヤンキーか！

「傑、あかんって。行くで」

傑の付き添いは護衛も兼ねているのだが……男は丸腰の一般人だ。そんな相手を、重量級の金属バットでブン殴るのは、よろしくない。たぶん、死んでまう。

「待ってくれよぉ、姉ちゃん。金は弾むからよ」

しかし、立ち去ろうとする蓮華の手首を、男がつかむ。

「痛っ」

思いのほか強い力でつかまれて、蓮華の身がすくんだ。途端に、男が実際よりも大きく見えてきて、足が動かなくなる。

あ、こわ……。

身体ばかりではなく、頭まで止まった。男の動きがスローモーションに感じるのに、こちらの反応が追いつかない。これでは、されるがままになってしまう。頭では理解できるが、打開策が浮かばなかった。

走り去る物盗りに瓜を投げることはできたのに、目の前の酔っ払いには手も足も出ない。

自身の無力さを思い知らされた気がする。

助けて。

「離せ」

低い声がして、酔っ払いの動きが止まる。

なにが起こったのかわからず、蓮華は困惑した。

「…………ッ」

誰かが男の手首をつかんでいた。ひねるような動作を入れられ、男が痛がっている。

助かった……？

「え、あれ？」

助けてくれた人物の顔を確認して、再び蓮華の思考が停止した。ピーガガガッ。

用紙が詰まったコピー機状態だ。

「これは、俺のものだ」

宣言したのは、ここにいるはずのない人間——天明だった。うしろには、颯馬もいる。服装がいつもとちがって庶民風なので、パッと情報が頭に入ってこなかった。

「え、え……え？　しゅじょーさん？」

蓮華が混乱しながら呼ぶと、天明はギロリとこちらを睨みつけてくる。めっちゃこわ！　怒ってる!?

「心配させるな」

天明は短く告げて、蓮華の肩に手を置く。乱暴に引っ張り回されているわけではないのに、従わずにはいられない。自然と身体がついていった。

「おい、その女は俺が……」

客の男が食い下がり、財布を懐から出す。まだ蓮華を買おうとしているらしい。

「この女は、俺が所有している。それをかすめ取ると言うならば、相応の覚悟はあるのだな？」

天明は冷ややかに述べながら、腰にさがった剣の柄《つか》に触れた。このまま抜いて、相手を斬り殺してしまいそうな雰囲気に、蓮華はギョッとする。いくらなんでも、そんなことはしないと思うが……天明の顔から滲み出る敵意、いや、殺気で不安になった。

「な、なん……」

酔っ払っていても、その鋭い空気は感じとったらしい。男がジリジリとさがっていく。向こうは丸腰だ。剣を抜かれれば、単純に勝ち目も薄かった。

「行くぞ」

改めて、天明は蓮華の手を引く。短い言葉だったが、決して乱暴な動作ではない。

そして、力強かった。酔っ払いの男は、呆然《ぼうぜん》と立ち尽くしているだけだ。

天明はそのまま蓮華を店から連れ出していく。

蓮華はまだ混乱していたが、最後に璃璃をふり返った。

璃璃は蓮華に対して、深々と頭をさげている。

よろしくおねがいしますと、聞こえた気がした。

「えーっと……その……主上さん?」

店を出てから、天明は一言もしゃべらなかった。沈黙が怖すぎて、蓮華は苦笑いを浮かべる。

「ずっと、いてたんですか?」

「だったら、なんだ」

やっと口を開いた天明は苛立ちを隠し切れていなかった。

「主上は鴻徳妃を心配されていたのですよ」

颯馬が助け船を出してくれるが、まったくフォローになっていない。むしろ、口をはさまれて、天明の表情が不機嫌に曲がっていく。

天明はいったん、蓮華を細い路地に連れていった。人目を気にしてだと思う。道のど真ん中でする話ではないからだ。

「心底呆れる」

天明の口調はいつになく厳しかった。

「あのような店に入って、もめごとを起こしていいとは言っていないぞ」

「そない言うたって、主上さんこそヒヤヒヤしましたわ……」

「……丸腰相手に本気なわけがなかろうよ」

「で、ですよね……？」

ほんまかいな。しかし、天明が本当に丸腰の一般人を斬るのも想像できないので、信じることにした。なんだかんだ、そういう残忍な選択は絶対にしない……が、ときどき疑ってしまう。それは、この世界が前世に比べて無情だから、だろうか……？

それに、天明は蓮華をはっきりと「俺のもの」と言い放った。妃なので、まちがっていないけれど、「物」みたいな言い方をされて、単純にモヤッとする。

「ほんま、すんません……」

だが、経緯はどうあれ助けてもらった。蓮華はきちんと気持ちを伝えたくて、天明を見あげる。

「あれ……」

なのに、足元がふわふわとして、しっかり立っていられない。震えているせいで、筋肉に力が入らないのだと、一拍置いて気づいた。

いまさらになって、さっきつかまれた手首が痛くなってくる。

「助けてくれて、ありがとうございます。あと……いえ、ほんまおおきに」

なんとかお礼は言えたが、身体の震えは止まらなかった。転びそうだ。この状態では、吉本新喜劇流の美しいズッコケで受け身がとれるかアヤシイ。

「おい」

前に傾いていく蓮華の身体を、天明が受け止めた。期せずして、懐へダイビングしてしまい、蓮華は目を閉じる。

「おかしい……なんか、すんません……怖かった……」

まだあとを引いているが、こうやって天明に身を委ねると、ちょっとずつ落ち着いてくるから不思議だ。

天明は戸惑った様子だったが、やがて、蓮華を宥《なだ》めようと頭をなでてくれる。なんだか心地がいい。ええ匂いもする。あ、背筋《はいきん》硬い……。

「……こら」

急に、天明が蓮華の頭をつかんで胸から引き剝がした。

「無遠慮に触るな」

「あ」

無意識のうちに、蓮華は天明の背筋やら腹斜筋やらをペタペタ触っていたようだ。だって、めっちゃ落ち着くねん。しゃーないやろ。勘弁してや。

とはいえ、いつの間にか身体の震えはおさまっていた。蓮華は天明のたくましい筋肉に感謝しつつ、自分の足で立つ。

「主上さん、おおきに。ごちそうさんです」

「こんなことで回復されるのも、腹が立つのだが」

てへぺろ。蓮華は額をペッと叩いてウインクした。うん、もう平気みたいや。完全復活。一方の天明は、額に手を当てている。

二人のやりとりを見て、なぜか、颯馬と傑が肩をすくめていた。

「主上さん、それで……玉玲さんのことなんやけど。聞いていましたか？」

天明は、店で蓮華たちの会話を聞いていたのだと思う。蓮華は璃璃から預かった小瓶を懐から取り出す。

桂花殿は貴妃に与えられる殿舎だ。今は劉貴妃のものだが、前帝の時代は玉玲と、その子である最黎が住んでいた。

建国祭では市民向けに広場が開放される。同時に、普段は宮廷にあがらない貴族たちが立ち入れる場所も増えていた。玉玲は、桂花殿に最も近い場所に、花を供えようとしていたのだ。

璃璃の話を聞いたあとなら、蓮華にもわかる。

今でも、ずっと、彼女は最黎を想っている。守りたかっただろう。

なのに、玉玲は再び遼博宇に利用されようとしている。

「……うち一人では、どうにもなりません。相談しても、ええですか……？」

遼博宇が玉玲になにをさせようとしているのか、わからない。蓮華の力では現状を打開できなかった。天明の力が必要だ。

しかし、玉玲は天明に毒を盛った女性である。天明に協力を仰ぐのは心苦しかった。

「お前は、いつも一人で首を突っ込んでいく。やっと、俺を頼る気になったのだな」

そないなことないです。と、反論しようにも、その通りな気がして、蓮華は黙ってしまう。たしかに……蓮華が天明に相談するのは珍しい。ちょっと融通利かせてほしくて、許可を求めることは多いが。

「あれがどういう女か、俺はお前より知っている。何度、桂花殿へ行ったと思う」

天明は目を伏せ、言葉を継いでいく。古い記憶を思い出しながら語っているのかもしれない。長い睫毛の下で、瞳が憂いを帯びる。

「本質的な悪女でもなければ、本気で俺を殺そうとも思っていなかったのだろうな。

だから、なおさら始末が悪い。いっそ、憎悪を抱かれているほうが、こちらも相応の感情を向けて応じられるのに」

天明は最初から、玉玲を憎んでいなかった。毒を盛られ、人間不信になり、好きなように食事ができなくなっても……彼は玉玲の本質をとらえていたのだ。

それでも、やったことは許せるものではない。天明の顔には、複雑な感情が入り混じっている。

「やっぱり、主上さんはお優しいわ」

天明の胸中を考えると、蓮華はなんとも言えなくなってくる。だが、同時に、天明が非情な人間ではないと確認できたのが嬉しい気もした。

「主上さん。玉玲さんとお話ししませんか？　きっと、そのほうがお互いのためになると思うんです」

天明は眉間にしわを寄せるばかりで答えない。

「母上は、それを知ると齊玉玲を今度こそ殺すぞ」

天明は玉玲に複雑な感情を抱いているが、秀蘭はちがう。彼女は我が子の命を脅かされた恨みを持っていた。子を守るために前帝を見殺しに、最黎皇子を毒殺した母親……秀蘭が玉玲を殺すというのは、きっと冗談ではない。

「秀蘭様だって、話せばわかるんやないですか」

「そうかもしれぬが、段階を踏まねばならない。建国祭の様子では、まだ無理だ。なにかほかに、利となる条件でもあれば別だが……」

秀蘭が玉玲を睨みつける顔を思い出す。秀蘭の視線には、明確な殺意があった。

「ともかく、これは預かろう。調べさせておく」

天明は言いながら、蓮華の手から小瓶を取りあげる。

これが本当の毒物で、玉玲が遼博宇からなにかを命じられているとしたら……嫌な予感がする。

後宮で毒殺に失敗した際、最黎が玉玲の犯行をもみ消した。でも、今の玉玲に、身を守る手段はあるのだろうか。

捨て駒。そんな言葉が浮かんできた。

星霞と同じ。遼博宇はそうやって周囲を操り、駒として使い捨ててきた。璃璃は遼博宇の手から、玉玲を守ろうとしている。しかし、一介の従者である璃璃には、あまりに荷が重いだろう。

なんとかせな、あかん。

璃璃は蓮華を頼ってくれた。困っている人間の期待に応えたい。

天明だっている。

星霞のようには、させたくない。

なんば　大阪マダム、救世主⁉

一

「で、今度はなんだい？　どこへ殴り込みに行くつもりだよ？」

「なんで、そんな喧嘩腰やねん。どうどう」

蓮華は動物をなだめるように、傑の肩をぽんぽんと叩いた。

本日も、舜巴の要請で、礼部の執務室へ呼ばれている。もうすぐ、柳嗣が迎えにくる頃合いだった。蓮華と傑は男装をして、柳嗣を待っているところだ。

礼部尚書が直々にお迎ええって……舜巴さんがしてくれてはるんやろうけど……そもそも、お父ちゃんが部屋におったほうが、邪魔なんやろうな。うるさくて。

「傑を呼んだんは、劇場施設について意見がほしかったからや」

傑は前世で大工をしていた。建築については、蓮華よりも詳しいはずだ。

蓮華が礼部に出入りする目的は、柳嗣のお守りのためだけではない。凰朔の文化事業として、漫才を成功させなければならないからだ。それには礼部との連携が必要だったし、舜巴も積極的に意見を取り入れてくれる。

傑には、より音響効果の見込める劇場について案を聞きたかった。マイクがないので、聴衆に演者の声を届ける工夫が必要なのだ。

「俺ァ、建築家じゃねぇんだぞ」

「またまたぁ。そないなこと言うて、前やって新しい球場設備の相談にも、のってくれたやん」

「あれは、まあ……たまたまだよ！」

傑は鼻を手でこすりながら顔をそらす。

「それから、気になるもんがあったから、見てほしくて」

「気になる……？　この間の毒物か？　それとも遼家のオヤジが動いたか。頭カチ割っていいかい？」

「いや、物騒やわ。血の気多すぎやろ。その件は主上さんが調べてる最中やから、まだなんとも……あとで図書室、やない、書庫で説明するわ」

「書庫だぁ？　俺ァ、紙を食う趣味はねぇぞ。こっちの文字も読めねぇし」

「そんな趣味あったら困るわ……あと、お父ちゃん来たら行儀よくするんやで」

「てめぇが言うな……」

傑は蓮華とちがい、狩人《かりゅうど》の娘として転生した。幼いころから前世の記憶があったらしく、狩猟を生業《なりわい》に荒っぽい生活をしてきている。そのせいか、下町言葉が抜けないどころか、敬語の能力が退化したようだ。

仙仙の侍女になり、護衛役を買っているのも成りゆきだと聞いている。傑にとって、後宮での暮らしは無理があるのかもしれない。

そんな話をする間に、回廊の向こうから柳嗣の姿が見える。あいかわらず、派手派手こってりの刺繍が施された服を着ていた。目立つわぁ……。

「蓮華、いや、蓮よ。よくぞ来てくれたな！」

柳嗣は蓮華たちを見るなり、ぶんぶん手をふって駆け寄る。横で傑が「そっくりじゃねぇか」とつぶやいた。なんやて……。

「お父ちゃん、紹介します。こちらは、傑と言って……うちの友達や！」

他人の侍女を連れてきたと紹介するのも変な気がして、蓮華はそのように説明した。

「え……あ……はい。鴻徳妃の、友達をしていますです……」

なぜか、傑の歯切れが悪かった。苦手な敬語を話しているから、ではなさそうだ。

傑は蓮華を小突き、耳打ちする。

「俺みたいなのを、友達なんて紹介して、いいのかよ」

傑は庶民階級で、蓮華とは立場がちがう。蓮華は豪商の娘で上流階級。そして、後宮の正一品だ。

対する傑は、後宮につとめているが、苗字を持たない下流層だ。この国では、「名なし」と呼ばれ、上流階級から蔑《さげす》まれる対象である。

蓮華が嫌いな考え方だ。

傑にだって、日本で生きた前世の記憶がある。だったら、同じ価値観のはずだと思ったが……やっぱり、彼女は身分差を意識した言動をする。それは、こちらで前世の記憶をとり戻したときの年齢にも関係するのかもしれない。

蓮華はまだ二、三年しか経っていないので、新人のようなものだ。でも、だからこそ、おかしいことはおかしいと言いたかった。

「そうか。傑君か。さすがは、後宮。なかなか可愛い娘ではないか。野球では目立っておったから、覚えておるぞ！」

柳嗣は笑顔で、傑の肩をバシバシと叩いた。そんな柳嗣に、傑はポカンと口を開けている。

「うちのお父ちゃんは派手好きやけど、小っちゃいことは気にせぇへんのや」

傑に耳打ちして、ウインクする。

柳嗣は今でこそ凰朔随一の豪商だが、もともとは小さな商店の跡取りだった。それを一代で大きくして、凰朔の貿易まで支配するようになったのである。まさに、経済界のドン。成金と言えば聞こえは悪いが、実力と勝負運でここまで大成した。

目立ちたがり屋の野心家だが、驕《おご》っていない。屋敷の使用人たちにも寛容だったし、お給料も相場以上に支払っていた。貴族になって節税しようなどとセコイことは考えているが、人道には則《のっと》っている。

調子のいい父だが、蓮華は好ましいとも感じていた。このような父に育てられたので、蓮華は日本人の価値観を保っていられるのかもしれない。知らんけど。

官吏としての能力はないけど……目論見通りのポジションにおさまっているので、やはり柳嗣の慧眼《けいがん》と運はすごい。


礼部の執務室はあいかわらずだった。

柳嗣の持ち込んだ私物が日々増えている。比例して、舜巴の顔色も悪くなっていった。気苦労が絶えない様子だ。

当の柳嗣はと言うと、蓮華がおみやげとして持ってきた知恵の輪に興味津々だった。最初は「地味な遊びだな！」と貶したが、今は夢中になって解いている。渡せば、絶対大人しくなるという予想が当たった。計画通りや。

「舜巴さん、飴ちゃんどうぞ」

だいぶお疲れさんの舜巴に、蓮華は飴を差し出す。甘いものは疲労回復に効く。

「これは、ありがとうございます」

礼部では、すっかりお馴染みの光景となっている。

今度、蓮華特製のお茶を淹《い》れてあげよう。なんと言っても、庭で育てたレモンバームティーだ。ドクダミ茶とはちがって、美味しいと評判だった。

最初はまた「雑草をお茶にして！」って、陽珊から怒られたけど、ハーブはオシャンで香りもええからな。

蓮華はお気に入りの、豹柄を加工したクッションを抱きしめる。柳嗣が豹柄を手に入れてくれたおかげで助かっていた。仕立屋にも、「これと同じ意匠で！」と、見本を示すだけで、それっぽい刺繍もできる。虎柄尽くしだった芙蓉殿にも、少しずつ豹柄が増えてきた。

「天井が高くて、壁は石のほうがいいんだが……」

傑と舜巴が真剣に話しあいをはじめる。劇場の設計についてだった。と言っても、一から建設するのは時間が足りないため、めぼしい施設をピックアップして改装する方針だ。

「それならば、異邦民向けの宗教施設だったところがございます。ちょうどいい広さで、使われなくなって久しいです」

「教会かモスクかい？　だったら、好都合かもしれねぇ。ああいう施設は、もとから音が響きやすい構造になってんだ」

「教会？　母守孔《もすく》？　西域の商人向けなので、呼び方は詳しくはわかりかねますが、設計図なら……」

傑は建築家じゃないとかなんとか言っていたが、ノリノリだった。真剣な顔で、舜巴の示した図形を睨んでいる。

西域との陸の貿易において、凰朔国は重要な拠点だ。そのため、異邦民向けの施設や店がたくさんあった。宗教と密接に結びついた国もあるので、それらの教会などの建設も許可されている。

こういう現場を見ていると、新しい文化が生まれようとするのを実感した。

笑いは人の心を元気にする。敷居が低く、大衆娯楽として受け入れやすいのもポイントだった。

文化の入り口を広くすれば、大衆が教養を受けるきっかけになると、蓮華は考える。一見、低俗でくだらないが、そんなことはない。人を笑わせようと思えば、頭の回転と知識が必要になる。

ゆくゆくは漫才だけではなく、大喜利や新喜劇にも発展させたかった。

劇場へ行く習慣がつき、多才な言葉遊びに触れてほしい。それだけでも、上質な文化を享受できる。

共通認識として道徳を共有し、人々の思想に変化を与える可能性もある。これは諸《もろ》刃《は》の剣だが、蓮華は凰朔の未来へ繋がる方向に使いたい。

「傑殿には豊富な知識がおありのようで、正直、感心しております」

舜巳の言葉に悪意はないだろう。だが、根底には「名なしなのに」という前提がある。それは傑にも充分わかっているようだ。むしろ、言われ慣れているのか、「そうかい」と、軽く流していた。

「傑だけやないです」

特別なのは傑だけではない。蓮華は伝えたくて、つい口をはさんでしまう。

「うちの侍女も、姓がないんです。それで差別されるのが、自分のことみたいに悔しくて……そういうの、なくしていけたらええなって、思うんですわ」

蓮華は朱燐を思い浮かべる。

彼女を下働きから侍女に昇格させるとき、蓮華は鴻家の養子に入るのを勧めた。そうすれば、朱燐は鴻の姓を得て、「名なし」などと呼ばれなくなる。

しかし、朱燐は断ったのだ。

――鴻徳妃のお申し出は嬉しいです。ですが、朱燐は自分の力で……鴻徳妃のお力に頼るのではなく、お役に立ちたいのです。それこそが、私を拾ってくれた秀蘭様への、そして、鴻徳妃への恩返しだと信じております。

蓮華は差別の撤廃や、生きやすい国の未来を目指している。

一方で、朱燐は自らの力で這《は》いあがるのが恩返しだと語った。蓮華の目指す国で、自由に生きられることを証明する「名なし」になるのだ、と。

朱燐は現在、芙蓉虎団の外野手として、目覚ましい活躍をしている。足の速さを活かした盗塁が持ち味のスター選手だ。彼女は芙蓉虎団を支える存在であり、観客からの人気は非常に高い。

ほかにも、二胡の練習をしたり、いろんな書物を読んだり……努力を欠かさない。もちろん、それらの活動は、彼女が蓮華のもとにいるからこそできる。しかし、朱燐自身が、がんばらなければ、得られなかった成果だ。

「主上が、あなたによって改心された理由が、よくわかりました」

舜巴は人のいい笑みを浮かべた。

天明が蓮華によって矯正され、政への興味を持った、というのは周囲が作り出した噂話《うわさばなし》なのだが……そこは否定してはいけないお約束だ。

「正直な話を申しますと、主上が鴻家の方々を取り立てるのには反対でした。劇場施設の改築案についても、言われたように手配する意味はないと思っていましたよ」

うわ、辛辣。

　だが、舜巴はすぐに、こう続ける。

「しかしながら、あなたにも主上と同じ理想があった。破天荒な方ですが……いつか生まれ変わる凰朔は、きっと明るいと信じていられます。この李舜巴も、お力になりたいです」

　改めて、頭をさげられると、逆に蓮華のほうがやりにくくなる。

「頭あげてや……ムズ痒《がゆ》いわ」

「将来の国母ですので」

　せやから、それ嘘やねん。主上さんとは、なーんもないんや。

　この勘違いは、いつまで続くのだろう。天明に本当の寵妃ができた際、面倒くさいことになりそうだ。

　そのときはそのときで、後宮出ていこうかなぁ……せや。新しい官吏登用試験が整ったら、受験しよ。今度はお妃様やなくて、公務員になんねん。

　けど、天明の子供も見てみたい。きっと、めちゃくちゃ可愛い。天明は素直じゃない文句垂れ太郎だが……子供が生まれたら、どんな顔をするのだろう。

　いいお父さんになるんやろか？

「…………」

　蓮華は首をぶんぶん横にふった。なんか今、ちょっとありえへん光景が頭に浮かんだわ。新聞読んでる主上さんの膝に、可愛い赤ん坊が座ってて……主上さんから見て卓の左奥に、味噌汁《みそしる》のお椀《わん》を置いていた。うちが。

いやあ、それはないやろー……。

「どうされましたか？」

「いや……こっちの話ですわ。妄想もほどほどにせんと……」

「？」

蓮華は無意味に咳払《せきばら》いなんかして、誤魔化す。

二

「で。見せたいものってのは、なんだって？」

「あ、せやった」

一段落したところで傑にうながされ、蓮華も気がつく。暢気に茶菓子までいただいていたが、傑に見せたいものがあったのだ。

「忘れてたのかよ」

「えらいすんません……ほな、お父ちゃん。うちら、ちょっと書庫行ってくるわ！舜巴さんも、お父ちゃんの世話頼みます」

蓮華は柳嗣と舜巴に声をかけて、書庫へ入る。

蜜蠟《みつろう》の灯《あか》りをつけると、薄暗い書庫を移動しやすくなった。ちゃんと文字を読もうと思ったら、灯りが必要なのだ。

傑は小さな身体で、背の高い書架をきょろきょろと見回している。

「こっちの文字は読めねぇんだよな……」

「漢字に似とるし、ちょっとはわかるやろ？」

「ニュアンスくれぇならな」

蓮華は傑を連れて、目当ての書架——颯馬に少し見せてもらったところの、歴史の書を手にとった。

凰朔の歴史が記された書物だ。

前に来たとき、ここには蓮華の知らない歴史が書いてあった。

「傑は、この国の成り立ちって、知っとる？」

「あの御伽噺みてぇなヤツだろ？　一応は聞いたことあっけど」

凰朔のはじまりは、一般的にこう知られている。

かつて、大地にはなにもなく、荒野が広がっていた。そこへ一匹の龍が訪れて、雨を降らし、生命を芽吹かせた。そして、人が住める土地となった。皇帝は龍が残した珠《たま》から生まれ出た——。

だいたい、大雑把にこんなものだ。そのあとも長々と続いているが、おおむね歴史というより伝説だった。

書庫の歴史書には、ちがう物語が記されている。

現皇族、つまり、凰姓の王朝が成立する前にも国は存在していた。だが、国全土を大飢饉《だいききん》が襲い、戦が起き、滅んだとされている。

「そこに現れたのが、異界より訪れた神である」

傑のために蓮華は読みあげるけれども、傑はあからさまに顔を歪《ゆが》めて腕組みした。

「てやんでぇ。結局、神とかなんとか言ってやがるじゃねぇか」

「まあ、そうなんやけど。でも、うちらが聞かされてきた歴史とちゃうやろ」

蓮華がわざわざ傑に見せたかったのは、表現は誇張されているが、内容が嘘ばかりではなさそうだったからだ。

現れた神は、まず大地に種を蒔《ま》いたという。これが育ち、麦粒となった。そして、大豆や蕎麦、玉蜀黍《とうもろこし》……現在の凰朔国でも食べられている作物を人々に授けたのだ。人民は飢えを脱して力をとり戻し、やがて神は王と成った——この人こそが、現在の皇族の祖。凰氏の高祖だ。

「これだけやなくて……ほら、ここ。また異界の神が出てくるやろ」

ページをめくり、蓮華は傑に示す。

高祖以降、凰朔の「国難」のたびに、異界から神が訪れている。そして、国の危機を救った。

「……つまり、どういうことだい？」

「察し悪ッ！」

「あァん？」

傑がピンときていないので、蓮華は条件反射でツッコミを入れた。強めにドツいたせいで、傑の機嫌が悪くなる。これやから、ボケツッコミを理解せん東京者《もん》は……。

「これ、うちらみたいな転生者ってことやないん？」

この世界は、もとの世界とは異なるが、類似点はかなり多い。主に中国にそっくりだが……異様な部分もあった。

まず、文化だ。文字は漢字に近い。そして、もとの世界とほとんど同じ詩の文化も根づいていた。あちらでは、漢詩と呼ばれるものだ。

鰹節《かつおぶし》など、古い時代の中国には存在しない加工品がある。醬油《しょうゆ》も、中国で作られていたものではなく、日本の製法だ。

鉄製品や革製品の加工技術も、たぶん高いと思う。だからこそ、蓮華はたこ焼きや野球をやれている。

何人も、転生者がいたのかもしれない。蓮華たちのように、この世界に転生し、様々なものを残したのだ。

それが、異界の神……。

「ちなみに、最初の神の象徴は龍。次が、燕《つばめ》で……鯉《こい》、星」

この並び、あれ。

めっちゃ既視感。ここに、ちょいと二つ足せば……。

「……セ・リーグじゃねぇか」

「それな」

蓮華が虎で、傑を巨人としたらセ・リーグの球団が完成してしまう。完璧や。せやかて、パ・リーグどこいったんや。鷹《たか》とか獅子《しし》とか、ええ感じのシンボルやろ。

と、どうでもいい話はおいといて。

「うちらも、もしかしたら神？」

実際は、ここに記載されているよりも、たくさんの転生者がいるのかもしれない。

傑は狩人として生まれ、本来ならば、宮廷に出入りしない人間なのだし……。

しかし、「異界の神」と呼ばれる存在が出現するとき、国は危機に瀕《ひん》している。この記述が、どうも引っかかった。

「さあな？」

傑は興味なさそうに顔をそらした。

「俺にゃ関係ないからな。俺ァ、国よりも仙仙を守れたら充分だからよ」

傑は仙仙のために、ここにいる。偶然出会った仙仙の境遇と覚悟に共感し、彼女を手伝うと決めたのだ。国よりも仙仙を選ぶだろう。

「俺もお人好しかもしれねぇが、お前さんより分別があるつもりだ。誰も彼も信じちまう馬鹿じゃねぇ。お前さんも、全員を救おうなんて考えず、優先順位をつけたほうがいいぜ」

「せやから、馬鹿やなくて、アホ言うて……!」

優先順位なんて、つけられない。

だって、蓮華は目についたら構わずにはいられなかった。救えるだけ救いたい。なんだってしたかった。

それがアホ、ううん、馬鹿なんやろうな……。

全員は救えない。それは痛いほどわかってしまった。蓮華には力がなく、この手が届く範囲も限られている。

また星霞のように……。

「一番守りたいヤツくらい決めとけよ」

蓮華は——。

天明の顔が浮かぶ。

守る……という大それた感情はない。ただ、役に立ちたかった。蓮華のできることで、国を変えていく手伝いがしたい。そう思っている。

でも、すんなりと天明の顔が浮かんで、ちょっと不思議でもあった。

「うーん……せやかて、主上さんは守る対象とは、なんかちゃうし。どうちゃうんか言われると、ようわからんけど」

「……てめぇ、やっぱ馬鹿だな？」

「え、今なんか馬鹿って言われるような流れやった？」

蓮華は目を点にしながら聞き返すが、傑は深いため息をついて、踵を返した。先に書庫から出るようだ。

蓮華は、すぐに傑を追わずに書物を見おろす。

もう少しだけ、読んでみよう。

灯りが揺れると、あわせて影も蠢《うごめ》く。

書庫でぼんやりと書物をながめていると、入り口のほうで物音がした。

誰かが書庫を通り抜けて礼部の執務室へ向かったようだ。わずかな空気の流れに、蠟燭《ろうそく》の灯《ひ》が揺らめく。

男装しているとはいえ、蓮華は皇城にいるべき人間ではない。隠れるために、素早く灯りを息で吹き消した。

奥のほうの書架に身を隠しながら、蓮華は聞き耳を立てる。

「邪魔をしますぞ、礼部尚書殿」

ねちっこくて、嫌みたらしい声だ。聞きまちがえようがない。蓮華は訪問者が誰なのかを察した。

ビリケンさん似の顔が浮かぶと同時に、璃璃の話を思い出す。こんなところへ、遼博宇はなにをしにきたのだろう。

璃璃から預かった小瓶は毒物だった。やはり、遼博宇は玉玲に毒を渡したのだ。しかし、その目的は謎のままだった。

そもそも、玉玲は宮廷に出入りしていない。彼女になにを命じたというのだろう。

「おお、これはこれは……どちら様でしたかな！」

柳嗣の返答に、蓮華はズコッと肩を落とした。反射的に、ツッコミそうになったが、口を押さえて耐える。

遼博宇や－！　お父ちゃん、そいつ気ぃつけてや！　心の中で叫んだ。

「…………」

「申し訳ない。私も歳ですからな。陰湿な人間は目立たず、見落としがちなのです。いかん、いかん。今日はどうされましたか、遼殿」

あ、ちゃんと名前認識してた……蓮華は、ホッと息をつく。いやいや、せやけどだいぶ喧嘩腰やな。と、別の意味で不安になった。

柳嗣は目立ちたがり屋の派手好き。けれども、それだけで鴻家を凰朔一の商家にしたわけではない。商売勘と運、そして、身軽さには驚嘆する。

頑固一徹、軸がぶれない信念の人。こういう人間が、一般人には美しく見えるだろうが、柳嗣はこのタイプではなかった。

好奇心旺盛で柔軟性の高い思考。状況や人を見て、即座に有利不利を判断する。変わり身が早い。加えて、敵には露骨であった。

つまり、柳嗣は遼博宇を敵と認識している。

自身の立場も、よく理解していた。地位を手に入れたのは、蓮華が天明の寵妃となったから。そして、求められているのは能力ではないということも。

派手好きで子供っぽいところがあるが、世渡りは上手い。

「いえ。新たに役職を得て、さぞ大変でしょうから。簡単な仕事から慣れていただいては、どうかと思いましてな」

遼博宇の言葉のあとに、ドスンッと紙の束を置く音が聞こえた。なんとなくわかる。きっと、しょーもない仕事を押しつけられたのだ。

「遼殿、これはあまりにも――」

「李如きが意見するのかね」

断ろうとする舜巴の声を、遼博宇が遮る。

「まあ、よいではないか」

柳嗣が舜巴をなだめている。声音が高く、作り笑いをしているのが伝わってきた。

「この程度の嫌がらせで済むならば、貴族なんぞなにも怖くありませんな」

柳嗣の嫌みマックスの煽りに、遼博宇が押し黙る気配がする。同時に、たぶん……

あとで泣く舜巴の姿が蓮華の目に浮かんだ。

お父ちゃん。煽り返すのは全然ええんやけど……その仕事処理するん、全部舜巴さんやろ……？　いやあ、お父ちゃん、ほんまそういうとこあるよな。スカッとはするけど、もうちょい舜巴さんのこと考えたって。

あとで、できるだけ舜巴さんを手伝ってあげよう。

「——またお会いしましたね」

唐突に、うしろから声がして、蓮華はビクリと肩を震わせる。もう少しで、書架の書物を落とすところであった。

見つかってしもた……！

まずいと思いながら、蓮華はおそるおそる、ふり返る。

立っていたのは、キリッとした目元が怜悧で、メリハリのある華やかな顔のイケメンだった。いつも、遼博宇のそばについている青年だ。名前がわからないが、遼家の人間にちがいない。

慌てる蓮華に、青年は「しーっ」と人差し指を立てる。

「見つかりますよ」

「…………」

青年は小声で微笑む。薄暗いが、唇の形で「お静かに」と言っていた。

どうやら、蓮華を遼博宇に突き出すつもりはないらしい。

「ご安心を。見なかったことにします」

ほんまかいな……。

それにしたって、蓮華はこの男がしゃべるのを初めて見た。一度目に会ったときも、二度目も、影のように遼博宇のうしろにいた記憶しかない。正直、空気すぎて怖い。

「陳蓮君で、よろしかったか」

呼ばれたのが偽名だったせいか、蓮華は返事が遅れてしまう。

「それとも、鴻徳妃と呼ぶほうがいいですか」

「…………！」

この兄ちゃん、うちの正体に気づいとる！

「わかりますよ。香《こう》が――天明の匂いがする」

青年は言いながら、蓮華のうしろに手を回した。蓮華は身をすくめたが、ここで騒げば遼博宇に見つかってしまう。

しゅるりと、うなじで髪が広がる。束ねていた組み紐《ひも》が解《く》かれたのだ。ふわりと、かすかに甘く香ばしい匂いがした。

天明とは、なんの関係も持っていないが、寝所はレンタルしている。たしかに、同じような匂いがするかもしれない……って、香油とかオシャレなアレやなくて、ぶっちゃけ、これソースの匂いなんやけど。

それよりも、青年が天明を呼び捨てたのが気になった。ソースの匂いをつけて歩いていても、天明は皇帝である。みんな「主上」か、それに類する敬称で呼んでいた。

遼家では、天明は口汚く罵られているのだろうか。天明は遼家にとって、裏切り者だ。打倒秀蘭のために手を結んだが、直前で反故《ほご》にされた。それくらい言われていても不思議ではないが……なぁんか、釈然とせんわ。

「まず、どちら様でしょうか。遼家の方に話すことなんて、ありませんわ」

蓮華はシャンシャン胸を張った。気後れしたら、あかん。

「これは失礼。名を、紫耀《しよう》と申します。博宇は義父です」

つまり、遼家の養子か。

血の繋がりはないのだろう。遼博宇とは似ていない。

でも、誰かに……？

「なにか」

顔をジロジロ見すぎていた。紫耀に問われ、蓮華は「べつに……」と返事を濁す。

せっかく遼家の人間と接触したので、玉玲について探りたいが、下手をすると璃璃が蓮華を頼ったのが露見してしまう。

蓮華が迷っているうちに、時間ばかりが過ぎた。

「一つ、忠告を」

紫耀は蓮華の手に、解いた組み紐を返した。

「白璃璃が知っていることが、真実のすべてとは限りませんよ」

「え……？」

どういうことや。

璃璃の名が出て、蓮華は心臓が止まりそうだった。同時に、紫耀の言う意味もわからない。そもそも、蓮華と璃璃が会ったことも、彼は知っているのか。

疑問を追求すると、ボロが出そうだ。蓮華は口をパクパクと開閉させて、紫耀を見あげているしかなかった。

「――帰るぞ！」

やがて、礼部での話し声が途切れて、遼博宇が大きめの声を出した。紫耀を呼んでいるのだ。

「では」

紫耀は本当に蓮華を突き出さず、そのまま去っていった。

なにをしたかったのだろう。イマイチ、意味がわからない。

蓮華に気づいていながら、遼博宇には黙っているのが謎だった。味方ということだろうか？

でも、味方と決めつけるのも早計だ。

蓮華は人を信じたい。なのに、紫耀には本能的に近づいてはいけない気がした。遼博宇のような嫌悪感でもなく、純粋に危機を察知したのだ。

「…………」

紫耀の姿が消え、遼博宇と書庫を出ていく気配がする。蓮華はその間、マトモに呼吸をするのを忘れていた。

背中を冷たい汗が伝っている。

❀　❀　❀

独特の、甘い香りだと思っていた。

後宮の女たちは、香油をたっぷりと使用する。花の如き、と言えば聞こえがよいが、実際は色香の競い合いだ。香りをまとったところで、花になどなれはしないのに。だから紫耀は、その香りをなんとなく記憶していた。甘いばかりではなく、酸味の入り混じる刺激的な匂いだ。

鴻蓮華という妃がまとう香りである。

皇帝——天明が微《かす》かに漂わせる香りに近い。

初めて鴻蓮華に会ったのは、後宮ではなく通天楼《つうてんろう》。乍颯馬に連れられ、男装していたが、すぐに女性だとわかった。上手く誤魔化していたが、髪に簪《かんざし》でまとめあげたような跡がついていたのだ。

確証はなかったが、そのとき、紫耀は陳蓮と名乗った少年のことを、鴻蓮華なのだと見当をつけていた。そして、建国祭で改めて観察して確信した。

義父に報告はしない。

「紫耀、なにをしておった」

書庫から出て、博宇から問われる。

紫耀は涼しい顔のまま、肩をすくめた。

「書をながめておりました。あそこには、珍しいものも多いので」

本当は書架の奥で灯りが消えるのを見たので、近寄ってみただけだ。まさか、鴻蓮華がいるとは思っていなかったが。

鴻蓮華。後宮の妃なのに、商売をしたり、珍しい遊戯を流行らせたり、ずいぶんと好き放題している。そして、皇帝の寵愛を一身に受け——天明と遼家の対立の原因を作った女だ。

今後、彼女がどれほどの障害になるか未知数だが……個人的には、鴻蓮華がなにをするのか、興味があった。

なによりも、天明が執着する女だ。

「なにを笑っておる」

博宇が怪訝そうに、こちらを見ている。

「いいえ。興味深い書があったもので」

紫耀は首を横にふり、静かに博宇のうしろを進んだ。

今は、影のように。

三

璃璃からの告白と、SOS。

遼博宇の企《たくら》み、紫耀という薄気味悪い青年。

様々な問題はあるが、優先順位をつける必要があった。着々と準備を進めた漫才の公演を成し遂げることが目下の最重要ミッションだ。というより、他は、なにから手をつければいいかわからない。

猛虎飯店での研修や、漫才練習、礼部での調整と、忙しさで目が回る。案の定、野球が疎かになり、桂花燕団との試合に負けた。劉貴妃の目論見通りで悔しい……！

そんな中、天明から「今日は、たこ焼きを用意して待っていろ」とリクエストが届いた。天明がメニューを指定するのは珍しい。が、前例はある。

以前にも、彼が「たこ焼きを用意しろ」と言った日があった。

「まさか……まさか？」

たこ焼きのタネを用意して寝所で待ちながら、蓮華は期待に胸を膨らませていた。

「念願の！　蛸!?」

前に天明が自信満々に用意したのは、残念ながら蛸ではなくクラゲだった。惜しかった。それっぽかったのに。

今回も、きっと蛸を探してきてくれたのだろう。なんと言っても、彼は皇帝だ。皇帝・イズ・凰朔で一番偉い人。鴻家とは別の、つよつよネットワークを駆使して、あらゆるものを我が物にできる立場の人間だ。

今度こそ……今度こそ……蓮華はわくわくしながら、天明の到着を待った。忙しくて疲れているような気もするが、蛸のためならがんばれる。

「な、なんなのだ……？」

たぶん、天明を待つ蓮華のお目々がキラキラしすぎていたのだろう。芙蓉殿へやってきた天明は、引き気味に苦笑いした。

「蛸様！　お待ちしておりました！　蛸様！　さあ、どうぞこちらへ！　蛸様！」

「俺は蛸ではないぞ!?」

そんなやりとりがあったが、天明はやはり蛸を用意していた。颯馬が大きめの壺を抱えて、うしろから現れる。

蓮華は高めに高めた期待を爆発させないよう、深呼吸した。

「ちゃんと足、八本ありますか？　イカやクラゲやないんですよ？」

「大丈夫だ。それらの生物と、形も異なっている」

「茹でたら赤くなるんですよ？」

「たしかめた。姿は珍妙だが、なかなか美しい朱色に染まったぞ」

これは……本物にちがいない。

「やったー！　神様、仏様、主上さん！」

蓮華はガッツポーズをしながら、壺の周りで舞った。

「頼りになる！　漢前《おとこ》！」

天明は絵に描いたようなドヤ顔で、腰に手を当てている。早く確認しろと、急《せ》かされている気がした。

「ささて」

蓮華は両手をにぎにぎし、舌なめずりをしながら壺をのぞき込んだ。

「あー……美味しそう」

蓮華の口調は、棒読みだった。

目の前には、真っ赤になったブツがある。

今しがた、芙蓉殿の厨房で釜茹でにしてもらったのだ。たしかに、美しい赤色だった。足もしっかり、八本ついている。

せやけど……せやけど……蓮華は涙を呑んで、ソレに手を伸ばす。

「ああ……やっぱり、神様、仏様、バース様や……」

足を一本つかんで、あらぬ方向へ曲げた。ボキッと豪快な音を立てて外れる。

「なんで、タラバガニやねん……！」

そう、タラバガニだった。足が八本あって茹でると赤くなるが、中の身は白い。見目は凰朔人基準でグロテスク、頭に丸みもある。つかまれると、なかなか離れてくれない。蓮華が天明に開示した蛸の特徴をだいたい備えているが……圧倒的に、タラバガニだった。

蟹《かに》の中でも、タラバガニは生物学上、ヤドカリに属する。足が八本なのは、こいつが実は、ヤドカリだからだ。

蓮華があまりにしょげしょげなので、天明も肩を落としていた。

「ちがって……いたのか……また……」

下手したら、うちより暗い顔しよるやん。

よほど自信があったのだろう。無理もない。蓮華だって、事前ヒアリングでは、蛸と確信していた。

「ほ、ほら……せやけど、主上さん。タラバガニは美味しいんですよ」

「このような姿形で、か？　蜘蛛《くも》のようではないか」

疑心暗鬼になる天明に見守られながら、蓮華はタラバガニの殻を剝いた。

蓮華は汁をこぼさぬよう殻に吸いつく。磯《いそ》の風味が口の中で言い知れぬハーモニーを奏でる。ぎっしり詰まった身は肉厚で食べ応え満点。絶妙な塩気と、濃厚な甘さに咀嚼が止まらなかった。

蛸の夢は叶わなかったが、前世では滅多《めった》に食べられなかった高級食材だ。これはこれで、すごく美味しい。悔しいけど。

「はい、主上さんも」

天明は顔をしかめながら、タラバガニを受けとった。見た目がトゲトゲしているせいか、まだ食べ物かどうか疑っているようだ。そういえば、日本でもタラバガニを食べる文化は新しいものだと聞いた。浜辺に捨てられ、マトモに食べられなかったらしい。海がなく、海産物に馴染みがない凰朔では、なおさら避けられるだろう。

安く仕入れられるんなら、蟹も売れるかもしれへんなぁ……。

「な……！」

だが、タラバガニの身を口にした瞬間、天明の表情が一変する。感想も言わず、黙々と白い身を食《は》んでいた。

蟹を食べると、無口になる。例に漏れず、蓮華と天明も無言で蟹を食べ続けた。

「そういえば、主上さん。遼紫耀さんって、わかりますか？」

無言すぎるのもアレなので、蓮華は天明に話題をふる。どうせ、あとで聞こうと思っていた。

天明はタラバガニの殻を割る手を止めて考える。

「……目立たない男だな」

蓮華もそういう印象だ。いつも遼博宇のうしろに、影のように立っている青年。蓮華は、紫耀と書庫で鉢合わせたときのことを天明に話した。

「あの人、ようわからんかった……」

なにを考えているのか読めない。蓮華の正体を見破ったのに、遼博宇に突き出さなかったのも、腑《ふ》に落ちなかった。

現状を楽しんでいる。そんな雰囲気がある。

遼博宇とちがい、目的が謎だ。

「なにもされなかったか？」

「え？　あ、あー……とくには。髪の毛をちょっと解かれたくらいで……」

あのときを思い出しながら、蓮華は自分の髪に触れた。しかし、天明は不快そうに、蓮華の髪を睨みつけてくる。な、なんやねん……こわっ。

「触れさせたのか」

「ええ、まあ……ちょっとだけ。でも、この通りピンピンしてますわ！」

「…………」

あまりに天明が不機嫌そうに黙り込んでしまうので、蓮華は居心地が悪くなった。

「それから……そう。主上さんのこと、ソース臭いって言うてました」

蓮華は確かめようと、天明の肩に鼻を近づける。くんくんくん。うーん。今、蟹食べてるから、全然わからへん！

「な、なん……急に近づくな！」

蓮華からソース臭いと言われたためか、天明は顔を強張《こわば》らせた。

あ、言い方がおかしかったわ。堪忍やで。

「ああ、ほら。遠慮の塊ですよ。最後の蟹、主上さんにあげますから、機嫌なおしてください。すんません」

蓮華は最後まで残ったタラバガニのハサミを天明に差し出した。ハサミはよく動かすので、身が詰まっていて美味しい。本当は蓮華がいただきたかったが、特別サービスだ。ええい、持ってき！

天明の不機嫌はなおらなかったが、ハサミは食べるらしい。硬いハサミを、力業《ちからわざ》で割って食べはじめる。さすが、鍛えてるわ……殻、指に刺さったっぽいけど。

また無言になった。

四

役立たず。

期待外れ。

それが、後宮を出た齊玉玲に捺《お》された烙印《らくいん》だった。あからさまに、そう誹《そし》られることも、よくある。

前帝が崩御し、後宮を出た玉玲は齊家に戻された。慣例では尼寺に入り、尼僧《にそう》となるのだが、遼家の力で実家へ帰されたのだ。

遼博宇が玉玲を求めてそうしたわけではない。監視のためだった。

玉玲には、自由さえもない。この手に残ったものは、数少なくて——。

「ない……」

隠していた小瓶がなくなっていた。

気づいた玉玲の顔から血の気が引いていく。居ても立ってもいられなくて、部屋の中で目についたものを引っくり返した。棚を全部開けても見つからず、飾ってある壺まで割る。そんなところにはないと知っているのに。

「大小姐……？」

物音を聞いて、璃璃が駆けつけた。璃璃は心配そうな表情で、玉玲へ歩み寄る。だが、玉玲は璃璃の胸元をつかんで叫んだ。

「あなたでしょう!?　どこへやったの！」

後宮を出てから、玉玲がこんな風に感情を露《あら》わにすることはなかった。そのせいか、璃璃は目を見開いて身体を強張らせている。

「わ、私は……」

「あなたなのね!?　返して！」

あれがないと……あれがなければ……どうすればいいの。玉玲は思考がまとまらないまま、璃璃の身体をゆすった。そんな玉玲を、璃璃は憐《あわ》れみの目で見据える。

「大小姐、落ち着いてください」

「駄目なの。駄目です……おねがい、返して……」

そうしないと、またいなくなってしまう――。

ついに玉玲は、その場に崩れ落ちた。放心する玉玲の肩を璃璃がなでる。

「私は、大小姐をお救いしたいのです……」

この従者は、玉玲によく仕えていた。ずっと玉玲を支えていてくれる。きっと、心配をかけているのだろう。璃璃は、誰よりも玉玲を想ってくれている。

だからこそ。

「私のことなんて、放っておいてよ……かまわないで……」

璃璃だって知っているはずだ。玉玲の周りからは、なんだって奪われていく。大切であればあるほど、玉玲の前から奪われ続けた。

「大小姐、やめましょうよ……もう、逃げてしまいましょう。璃璃はお供いたします。どこまでも、ついて行きますから……おそばにおります。どうか……」

璃璃が優しい言葉をかけてくれるだけで、胸が張り裂けそうだった。

駄目だ。玉玲は逃げられない。

逃げてしまったら――。

「なんの騒ぎだ」

その声を聞いた途端、玉玲の背筋を悪寒が走り、身が震える。

部屋の出入り口をふり返ると……恐れていた人物が立っていた。

「博宇様」

遼博宇の姿を確認して、玉玲は頭をさげる。床に這いつくばる形となったが、もう自分には誇りなどない。なりふりかまわなかった。

遼博宇のうしろには、紫耀も立っている。

ここは齊家の屋敷だが、彼らはたびたび訪れていた。齊家は遼博宇に牛耳られており、もはや所有物のようなものだ。

遼博宇は常に他者を支配しようとする。

周囲の人間を駒だと思っているのだ。

実際、彼は自分の娘さえも支配し、使い捨てた。遼家の娘、星霞だ。

星霞は年齢以上に幼い顔立ちで、とにかく無垢《むく》であったと記憶している。よく笑い、明るい声を弾ませていた。

星霞も遼博宇からの支配を受けていたのだと思う。

玉玲からは奪うことで精神を支配したが、星霞の場合は逆だ。星霞は特別、承認欲求の強い娘であった。遼博宇は星霞を認め、褒美を与えて、彼女を操っていた。

遼博宇が星霞の首を皇帝の御前に献上したという話を聞いたとき、玉玲は「次は私ね」と悟った。

我が子を奪われる以上に、なにが恐ろしいというのだ。玉玲は自分の命に、執着はなかった。

だから、遼博宇から再び毒を渡されても、受け入れたのである。それが玉玲の役目だ。自分の運命は、とっくにあきらめていた。

それなのに――。

「鴻蓮華と、会ったそうだな」

問われて、玉玲は息を呑む。

鴻蓮華は鴻家の娘だ。そして、今は遼家と袂《たもと》を分かった皇帝の寵妃である。玉玲から望んで会うはずがない人物。

「建国祭で、少しだけ話しました。しかし、それきりでございます」

玉玲は身体の震えを抑えながら、感情を殺して返答する。人形のように振る舞うのが一番楽だった。

「お前ではない」

遼博宇はそう言って、視線を移動させた。

「ひ……」

遼博宇が睨みつけたのは、玉玲ではない。

そばでひかえていた璃璃が、声を裏返らせる。

「なんの密談をしておったのだ?」

璃璃の顔が、だんだん青くなっていく。額から汗が流れ、身体が小刻みに震えはじめた。

この段階になって、玉玲はようやく、なにが起きたのかを理解する。

璃璃は玉玲の部屋から毒物を盗んで、鴻蓮華に助けを求めたのだろう。

そういえば、璃璃は二度、外城から珍しい食べ物を持ち帰っていた。変わった商売をしていると評判の、鴻家の店で買ったのだろう。

どうして、早く気づかなかったのか。

「す……すべて、私が勝手にやったことでございます!　大小姐に、責任は一切ございません!」

璃璃は素早く飛び出して、遼博宇の前に両膝をつく。

玉玲は、ぼんやりと、璃璃の背を見つめる。

「鴻に遼家の情報を売ったか」

「滅相もございません!　そのような大それたことなど……ただ……ただ……大小姐

をお救いしたくて……」

璃璃は頭をさげながら、必死で訴える。

「どうして」

つい、玉玲の口から疑問が漏れてしまう。

けれども、誰も玉玲の声など聞いてはいなかった。

「紫耀」

遼博宇は、うしろにひかえる青年の名を呼んだ。

呼びかけに応じて、紫耀が前に進み出る。

「ああ……！　やめて……」

玉玲は、思わず一歩だけ前に出てしまったが、それ以上は手を伸ばすことしかできない。

鞘《さや》から剣が抜ける音は、なぜ、こんなに不快なのだろう。

顔から赤い血を散らしながら璃璃が倒れる。

「大小姐……もうしわけ……お逃……」

血だらけの顔で璃璃は小さく玉玲を呼んだ。逃げろとでも、言いたいのだろうか。

「……私になど、かまわなければよかったのに」

自分のために動いた従者に、こんなことを言うなど。なんて薄情な人間だろう。

紫耀がもう一度、剣をかまえた。その動きを目で追いながら、玉玲は前に歩み出る。

「私は逃げも隠れもしません。役目は果たします。だから……璃璃を、お見逃しいただけませんか」

紫耀と璃璃の間に入り、玉玲は懇願する。しかし、玉玲に向けられた遼博宇の視線は酷薄なものであった。

「それで許されるとでも?」

「……どうせ、最後なのです」

足元で璃璃が動いた。「大小姐……」と言いながら、玉玲の裙《くん》をつかむ。

玉玲は無視をした。

「なるほど」

遼博宇は両目でしっかりと玉玲を見据えた。身の毛がよだち、背筋に悪寒が走るが、玉玲はその場に立ち続ける。

「紫耀」

遼博宇に命じられ、紫耀は刃をおさめた。

「では、行け」

遼博宇は両手に持ったものを見せる。

砒霜《ひそう》——毒だ。小瓶がわざわざ二つにわけられていた。

「謹んで」

玉玲は二つの小瓶を受けとった。

「必ず……降誕祭を妨害いたします」

降誕祭を取り仕切るのは、政敵である鴻氏だ。

玉玲はそこで騒ぎを起こし、妨害せよという命令を受けている。催事を失敗させ、宮廷で幅を利かせはじめた鴻氏を追い落とす材料にしたいのだ。

雑な指示である。玉玲の仕業と露見するのは目に見えていた。だからこそ、毒の小瓶を二つにわけてある。

最後に罪を被って自害せよ、と——否、玉玲は死ななければならないのだ。それが早まっただけだ。いや、もう充分に生き長らえた。

玉玲には拒めない。

これ以上は……奪われたくない。

なんばグランド　大阪マダム、目立ってなんぼ！

一

「見よ、蓮華。宣伝費が無駄にならずに済みそうだ！」

そうやって、大声ではしゃいでいるのは鴻柳嗣。凰朔国随一の豪商、鴻家の当主にして蓮華の父親であった。

降誕祭当日、一生懸命に準備した甲斐があって、劇場の客入りは良好だ。満員御礼の気配を感じ、蓮華も思わずにっこりする。

事前に大々的な宣伝を行っていたのも大きい。ポスターを作り、鴻家と取り引きのある商店に掲示させてもらった。さらに、大きめの建物に垂れ幕を掲示して街中広告にも力を入れている。

凰朔には、こういう広告の習慣がないので、市民には目新しくうつっただろう。広告自体を腕利きの画家に発注することで、美術品としての価値も評価された。

これを発展させて、ゆくゆくは動く蟹の看板を作ったり、大きな河豚《ふぐ》を吊したりしてみたいものだ……。

凰朔国では、基本的に年齢は数え年だ。誕生日の概念など、多くの者には関係がない。しかしながら、皇帝だけは生誕の日を祭りと定められるため、例外だ。つまり、天明はこの国で唯一、誕生日を祝ってもらえる人間だった。しかも、国中からの祝福である。

「二階席も埋まっとる埋まっとる」

劇場は、舞台裏の小窓からのぞいて、客入りを確認できるようになっていた。一階は無料の自由席、二階は有料ボックス席だ。

建物は、もともと異邦民向けの宗教施設だった。天井が高く、壁は石造りになっているため、音が響きやすくてマイク要らずだ。改築する建物の選択を傑にまかせてよかった。

もちろん、外装や装飾は凰朔風である。それでも、どっしりとした石柱や、色硝子《いろガラス》の嵌《は》まった窓は残され、異国情緒も感じられた。不思議な空間だ。

「え……？」

着々と埋まる客席。その中に、蓮華が予期していなかった人物の姿が見えた。

「あ……お父ちゃん。うち、ちょっと行ってくるわ」

「ん？　蓮華？」

蓮華は小窓から離れ、すぐに関係者通路へ向かう。劇場の裏側を通って、二階席へとあがれるようになっているのだ。

齊玉玲がいた。

璃璃が呼んだのだろうか……たしかに、貴族たちにも公演の告知はしているし、タダ券も配った。その成果もあり、天明と懇意にする面々は二階席を利用していた。しかし、遼家を中心とした反秀蘭派の人間は見当たらない。

なんで、ここに?

蓮華は玉玲のもとへと急ぐ。

二階席から見おろすと、舞台がやや遠いものの、劇場全体を見渡せるので圧巻だ。公演の開始を待つ客の姿がよくうかがえる。普段は舞台など見に来られない層も多く、ちょっとガヤガヤとしているが、それがまた楽しげで悪くない。

門を入ってすぐのエントランスホールでは、猛虎飯店に出張してもらい、粉もんや麺類などの軽食を販売している。そのせいか、劇場内はソースの匂いで充満していた。

「もう!　蓮華様!」

陽珊が走ってついてきていた。突然、二階席へ向かった蓮華を追ってきたのだろう。

「本番前やし、陽珊は大人しくしとけばええのに」

「なに言うてるんです。それは蓮華様だって同じじゃないですか!」

陽珊はキレよくビシッと言い放った。今日も冴《さ》えてて安心や。

「勝手にふらふら歩かれると心配します」

「ふらふらなんてしてへんよ。シュッシュッて、まっすぐ歩いてたやん」

「ええ加減にしなさい」

ついに、バシッとツッコミが入った。陽珊は要領がよくて呑み込みが早いが、染まりやすい体質だ。大阪弁が出ていることも、諫《いさ》め方が完璧にツッコミなのも、まったく気づかずナチュラルに蓮華とやりとりしていた。

「玉玲さんがいらしてたから、つい」

蓮華が事情を話すと、陽珊も意外そうに目を見開く。

「でしたら、なおさら私もお供します」

玉玲に仕えている璃璃は、陽珊の血縁だ。陽珊だって玉玲を警戒しているが、璃璃の主を信じたい気持ちは、蓮華と重なる。

主人を救ってほしいと懇願した璃璃のねがいは、陽珊にも届いていた。

陽珊を引き連れたまま、蓮華は二階の通路を進む。

まっすぐと、玉玲の席へと向かった。

「玉玲さん！」

やがて、ボックス席に座った玉玲を見つけて、蓮華は名を呼んだ。

「……………ッ！」

うしろから、いきなり声をかけたせいだろうか。玉玲は肩をビクリと震わせながら、蓮華をふり返った。

「あ、すんません。漫才の練習のせいで、声大きすぎたかもしれませんわ」

劇場は音響効果を発揮できるように設計されているが、マイクもスピーカーもない。それなりに声を張りながら漫才をしなければならないので、近ごろは発声練習が欠かせなかった。

玉玲はしばらく蓮華を見据えていたが、やがて貴族然としたお辞儀を返す。

「鴻徳妃。お忙しい中のごあいさつ、痛み入ります」

淡々と、まるで原稿を読みあげるかのような口調だ。

「いいえ、こちらこそ。お越しいただき、嬉しいです――あれ？」

蓮華は、玉玲が従者を誰も連れていないと気づく。てっきり、璃璃が来るように説得してくれたと思ったのだが……。

「今日、璃璃はおらんのですか？」

「………」

玉玲は目を伏せ、一瞬だけ唇を噛んだ。

「璃璃には暇を与えています。体調が優れないので」

「ああ、そうなんですか。せやね、あんまり無理させたらあかんし。うんうん、ええ上司を持って、きっと璃璃も幸せや」

「…………」

蓮華には、玉玲が感情を表に出さないようにしていると感じられた。

「鴻徳妃……璃璃と話したそうですね？」

玉玲の問いは、蓮華を責める響きを持っていた。押し殺した感情が漏れ出て、平坦《へいたん》な語気がわずかに震えている。

「はい。お会いしましたわ」

だから、蓮華は正直に答えた。

「玉玲さんをえらい心配しておりました」

璃璃は本当に玉玲を救いたいとねがっている。蓮華を頼り、すべて打ち明けてくれた行動に嘘はないはずだ。

また裏切られるかも――でも、目の前で助けを求める人間を、蓮華は放っておけなかった。

「そう……なんて無意味なことを……」

「え？」

玉玲の声は小さかったが、蓮華は聞き漏らさなかった。

「私なんかのために行動するなんて、無意味です」

玉玲は胸に手を当てる。

「そんな、無意味やなんて――」

「しかし、建国祭でのお礼は申しあげます。ありがとうございました」

玉玲はそう言いながら、傍らにあったものを手にした。

用意されていたのは、桃の枝だ。可愛らしいピンクの花がついている。花束にされてはおらず、枝が一本そのまま手渡された。凰朔では、枝についた花を贈るとき、このように渡すことが多い。

「ありがとうございます」

蓮華は桃の花に手を伸ばすが、すかさず、うしろから陽珊が前に出て、蓮華の代わりに受けとった。過度な接触を避けさせたかったのだろう。枝に毒針が仕込まれていないとも限らない。そこまで気にする必要もないと思うが、桃は陽珊に預けておく。

「玉玲さん」

蓮華は、玉玲の手をにぎる。

すると、玉玲の身体が小刻みに震えているのがわかった。怯えている……?

「なにを……」

玉玲はとっさに、蓮華の手を払った。

けれども、蓮華はもう一度、玉玲の手を包む。今度は、両手で。

「過去については、どうしようもないです。それに、うちは政治がわからへん。けど、玉玲さんの笑った顔は見たいんです。前の皇帝陛下の御子を二人も産んだ人です。きっと、笑ったら今よりもっと別嬪さんでしょう」

玉玲に、笑ってほしい。

居場所がない彼女に、拠《よ》り所《どころ》を作りたかった。

玉玲の心を、少しでも救う手伝いがしたかった。

玉玲が心穏やかに笑えるようになり、みんなで話しあって……それで全部解決なんて、甘いと思う。甘いが、しょうがない。だって、そうしたい。むずかしいなら、また別の方法を考える。

みんなが心を開けるように、なったらええのに……。

「ほな、今日は楽しんでください」

蓮華は軽く笑った。

「……ええ」

玉玲の表情がくもる。

陽珊を先に楽屋へ帰らせ、桃の花を持っていってもらった。

蓮華はしばらく、二階から客の入りを観察することにする。下の小窓からものぞけるのだが、やはり二階のほうがしっかり見えた。

事前に分析した通り、おそらく中流階級の庶民が多い。観覧を無料にしても、貧民層は少なそうだ。

金銭の問題ではない。このような催事に、興味が向かないのである。娯楽を楽しむ余力は、生活や心のゆとりがなければ生まれない。きっと、「食料を無料奉仕します」というイベントなら、列を作ってくれただろう。代わりに、余裕のある中流層は来なくなるし、純粋に漫才を楽しめる客も減る。

漫才の公演をする、という目的を考えれば、今回は合格だ。

せやけど、これは課題やな……。

凰朔全体の暮らしを底あげするのは、頭の痛い問題だ。啓蒙するにしても、徐々に変えていかなければならない。

うち、もっとほかに、やれることないんやろか……。

「あれ」

ボックス席へ続く廊下を歩いている人間がいる。まだ公演がはじまらないので、それ自体は珍しくないが……彼は。

何度か会った。遼博宇といつも一緒にいる青年——紫耀だ。

ところが、遼博宇は見当たらない。

玉玲に続き、想定外の客だ。

「これは……鴻家の」

向こうも、蓮華に気づいた。

「おひさしぶりです。本日はお一人ですか？」

蓮華は軽くあいさつを返した。紫耀は興味深そうな表情で、こちらへ歩み寄る。

「ええ、まあ。当主は興味がないようです」

紫耀は肩をすくめてみせた。いつも、影みたいに遼博宇のうしろに立っているが、主がいないと、饒舌《じようぜつ》になるようだ。書庫で会ったときも、そうだった。

「紫耀さんは、お笑いが好きなんですか？」

「いえ、個人的な興味とあいさつです」

「あいさつ？」

蓮華が眉根を寄せるが、紫耀はなにも答えなかった。

会場の誰かに、あいさつしにきたということか。

せやけど、変やわ。

今までの遼博宇は大胆に動いている。星霞を使って蓮華に毒を盛ったり、仙仙の命を狙ったりした。なのに、今回は礼部にちょいちょい要らんちょっかいをかけてくる程度で、ほとんど妨害活動がない。

あるいは、玉玲が来場していることに関係が――。

なにかあると思ったほうがいい。

蓮華は、じとーっとした目で紫耀を見てしまう。けれども、紫耀は何食わぬ顔でこちらを見返すばかりだ。本心がなかなか透けてこない。

遼博宇とは別の意味で、胡散臭《うさんくさ》い兄ちゃんだった。

「では、またいずれ」

紫耀は薄く笑って、歩いていく。

またいずれって……そりゃあ、また会うかもしれへんけど。うち、後宮の妃やから、そんな機会も多くないと思うし……って、その後宮の妃が、これからみんなで漫才ライブやるんやけどな！

歩いていく紫耀の姿を追いながら、蓮華は口を曲げる。

いけ好かんわ。

❀　❀　❀

あいかわらず、あの女の施策は外れない。

満員御礼となった劇場を見おろして、天明は肘掛けに身を預けた。

後宮での商売といい、大宴の野球といい……こうも、蓮華の奇行が当たると、癪だが、ある程度、まかせてしまったので文句は言えぬ。しかし、それなりに苛立つのも事実であった。

ますます、調子にのらせてしまうな。

蓮華は、すぐ物事に首を突っ込みたがる。そして、力業で様々な問題を解決してきた。そんな彼女を政には巻き込むまいとしていたが……結局は、利用している。そのほうが、いい方向に転がっていくのだと、認めざるを得なかった。あれは、後宮に留めておくべき女ではない。

天明には、蓮華を縛りつける力がないのだ。

それどころか、利用して……否、頼っている。

最黎だったなら――。

思考がよからぬ方向へ流れていきそうになり、天明は首をふった。

誰にも口にしたことがない。ただ、常に頭の片隅に蔓延《はびこ》っている呪《のろ》いだ。気がつけば、「最黎ならば」と考えてしまう。

現在、帝位に就いているのは最黎ではないのに。

しかし、降誕祭か。皮肉なものだ。

楽しげな民衆を冷ややかに見おろして、天明は脚を組みかえる。即位してから二度目の降誕祭。まるで、吉日のようだ。

本当に、ここにいるべきは天明なのか——迷信など信じていない。ただ、自分が国にとっての災厄とならぬ保証は、なかった。

「主上」

天明の思考を遮るように、颯馬が声をかけてくる。雑念を見抜かれていた気がして、天明はすぐに返事ができなかった。

「あそこに、鴻徳妃が」

天明の考えとは裏腹に、颯馬は二階席を示した。貴族などが買う有料席だと聞かされている。

「あの女は……本番を前に、なにを」

二階席を浮ついた足どりで歩く蓮華を確認して、天明は息をついた。演者は裏で待機している時間だろうに。

だが、思考はすぐに蓮華と話す男に向けられた。

遼紫耀だ。

「なんなのだ、あの男は」

蓮華の話では、書庫で声をかけられたらしい。その際に、髪を触られたという話もしていた。

率直に、不快だ。蓮華は天明の妃である。他の誰も、触れていいはずがない。

蓮華に対する独占欲は、認めざるを得ない。

天明の胸のうちで静かに、しかし、たしかに肥大していく。とくに、あの男については、不愉快を隠す気にもなれなかった。

だいたい、常に遼博宇の陰に隠れている男が、なぜこんな場所に……。

そもそも、蓮華も蓮華だ。せっかく二階へあがってきたのだから、こちらに顔を出せばいいのに。どうして、俺は無視なのだ。腹立たしい。

ただの所有欲だ。色恋などではない。だからこそ、始末が悪かった。

「あとで、楽屋へまいりましょうか。主上」

天明の苛立ちを察し、颯馬が提案した。面白くない気がして、天明は息をつく。

「大きなお世話だ。お前は蓮華に似てきたのではないか」

「凰朔真駄武でしょうか」

「嬉しそうにするな」

しばらくすると、開演のあいさつがはじまる。目立ちたがりの鴻柳嗣が、無駄に煌びやかな衣装で壇上へあがった。典型的な成金らしさがにじみ出ており、本人の希望通り目立っている。よくも、悪くも。

蓮華の発案する、漫才というものを天明は知らない。この会場に来ている観客も、同じであろう。

蓮華がいつも一人で盛りあがっている「呆け」とか「突っ込み」というやりとりに、近いのだろうと思っているが……実際に見るのは初めてだ。

楽しみ、と言えば、そうなのかもしれない。

二

後宮の麗しき妃による、極上の宴多亜照引綿富《えんたあていんめんと》。

梅安の街中に、大々的に告知された謳《うた》い文句《もんく》だ。商店には美しい絵画が飾られ、道の目立つところには、派手な刺繍の垂れ幕がさがっていた。

ここまでされれば、嫌でも目につくし、気になる。とくに、大衆向けの劇場公演など、あまりない。しかも、無料公演だ。

演目である「漫才」について、知る者は誰もいないが、手軽さが魅力的だった。よくわからないが、行ってみよう。集まった人々の目に浮かぶのは、好奇心だ。みな公演を見たいわけではない。

新しいものに興味があるだけだ。

滑れば、一瞬で興を失われてしまう。そんな空気だった。

壇上の真ん中には、奇妙な形の棒が立てられている。なにに使用するのか不明な棒の周囲を照らすように、光が射していた。小窓から取り入れられた日光が、鏡によってそこへ集められているのだ。手が込んでいる。

開演を宣言された劇場は静かで、光の射す壇上は神々しさすら感じられた。

これから、いったいなにがはじまるのだろう。

誰もが息を呑んで待っていた。

「どうもー！」

静寂を打ち破ったのは、明るくて朗らかな声だった。

上座と下座から、それぞれ娘が一人ずつ出てくる。まだうら若く、見目も美しい乙女だ。彼女たちは奇妙な棒を間にはさんで、壇上の真ん中に立った。

「みなさん、はじめまして！　蓮華です！」

右側の、赤い衣をまとった娘が手をふった。首元を、珍しい斑模様の毛皮で飾っている。遠くからでも、蝶々の形だとわかる結び方だった。

元気がよくて潑剌《はつらつ》としており、後宮の妃の印象とはかけ離れていた。口調には耳慣れない訛りのようなものがあるが、いやに親しみやすくて憎めない。

「はいどうも！　蓮華様の侍女で陽珊と申します。今日はお忙しい中、来ていただき本当にありがとうございます！」

こちらも、明るい娘であった。蓮華ほどの佳人ではないが、笑った顔に可愛げがある。蓮華とは棒をはさみ対称に左側に立ち、青い衣をまとっていた。

「今日はみなさまに、楽しい漫才をお届けにまいりました！」

陽珊が朗らかに言いながら、深々と頭をさげた。

「ところで、陽珊」

「はいはい、蓮華様」

ふと、蓮華のほうが真面目な顔を作る。とても大事な話をしそうな雰囲気だ。

「漫才って、なに？」

「これから、漫才やる言うてるでしょ！」

陽珊が素早い動きで、蓮華の肩を叩いた。と言っても、本気で叩いているわけではなく、触れる程度だ。

その速さが、まさしく観客が「これから、お前らが漫才というものをやるんじゃないのか」と思った瞬間と重なった。どこからか、小さな笑いが起きる。

「と、このように、ボケを言うたらツッコミを入れるのが、漫才ですわ。わかりましたか、陽珊？」

「いや、あなたが言い出したんでしょう！」

再び、陽珊の突っ込みが入る。

演劇とはちがい、日常の会話のように流れるようなやりとりであった。二人の呼吸がそろっており、一挙一動が滑らかだ。言葉の訛りも、耳に残りやすい妙な癖と心地よさがあった。

「しかしまあ、陽珊。今日はえらいお客さん集まっとるなぁ。さすがは、お祭りや。盛況盛況、大盛況」

「ほんまですねぇ」

「祭りと言えば、あれや。うち、屋台出すことにしてん」

「どのような屋台でしょうか？」

「絵を売ろうと思っててん。なんと言っても、この凰朔国の皇帝陛下はお顔がよろしい。絵姿が飛ぶように売れるって話や」

「ああ、主上の絵姿は人気でございますね。さっき、私も一枚買いました」

たしかに、祭りの日には屋台が建ち並ぶ。とくに、今日は皇帝の降誕祭なので、絵姿を売る店も多かった。即位したばかりで目立った功績はないが、とにかく若くて見目のよい皇帝の絵は人気がある。無能という噂も流れているが、市民には今のところ実害もなかった。

この話題は理解しやすい。

「せやけど、あそこにおられる実物は、絵よりもっと男前や」

蓮華が二階席を示しながら語る。そこには、本物の皇帝が座していた。たしかに、売られている絵姿よりも、容姿がいい。

「そうでございますね」

「もっと、忠実な絵が必要やと思うねん。うち、ちょっと描いてみたんですわ」

「どのような絵にございますか。陽珊、気になります」

「特別に見せたるわ」

「よろしいのですか?」

蓮華が胸を張って、腰に手を当てる。

「まかせとき! ……これが、その自信作や!」

舞台の中央付近に、絵は寝かせてあったようだ。一階の客席からは、小道具の存在に気がつけなかった。

「題名『豆粒』」

そこには、たくさんの民衆と、その奥に座する皇帝の絵が描かれていた。題名通り、豆粒だ。しかし、一階席に座る者たちにとっては、見慣れた光景。皇帝の顔を見たくとも、いつも遠くから豆粒をながめるだけだ。

「お顔が見えんやないですかっ！」

陽珊の「突っ込み」が、蓮華の肩に入る。

「もう一枚……題名『皇帝を描く人』」

「画家を描いて、どないするんですか！」

「これが現実や」

「そうでしょうけど、絵を売るなら、玉顔を描いてくださいませ」

「写実的やのに」

「そんな正確さ要りませんっ！」

小気味よい会話劇は、流れるように繰り広げられる。最初はよくわからなかったが、次第に観衆も「漫才」というものを理解してきた。

「だって、豆粒描くほうが楽やし」

「真面目に働きなさい！」

次第に会場の空気が温まってくる。一階席の者も、二階席の者も、同じものを見て笑っていた。

❀　❀　❀

玉玲が笑うという行為をやめてしまったのは、いつからだ。

瞬時に答えが出てこなかったが、しばらく考えると、蘇る転機はいくつもある。

劇場の空気は温かく、笑顔がたくさん見えていた。みんな楽しげに舞台を見て、幸せそうだ。

こんな場所に、玉玲がいるべきではない。壊すべきではない。

「魂問《こんと》、絶対に入りたくない店」

注目の集まる壇上では、一組目の漫才が終わり、二組目の娘たちが出てきていた。陳家の娘と、王家の娘。二人で小芝居を行うようだ。

玉玲は、ぼんやりと舞台をながめてしまう。

意味はないのに。

「失礼します」

二階席は、隣と壁で仕切られており、半個室になっていた。客はある程度、人目を気にせず、くつろげる仕組みだ。

だが、玉玲が座る席に躊躇なく踏み込んでくる青年がいた。

「あ……さ――」

玉玲は目を見開く。唇が震えるばかりで、相手の名さえ呼べなかった。

「紫耀です」

青年——紫耀は不敵に笑う。

身体の中心が大きく脈打ち、玉玲は息苦しくなってくる。胸に手を当てながら、紫耀を見返した。

「そうお呼びください」

紫耀の言葉は、玉玲の頭に入らない。ただ、声だけが音となって、頭の中をかき乱していく。そして、すべての思考を遮断していった。

壇上の演者たちの声も、意味のあるものに聞こえない。

「ご安心を。すぐに帰ります。では……また会えたら」

それだけ言って、紫耀は席を立った。

もう会うことなど、ない。

玉玲は、懐に忍ばせた二つの小瓶に、触れた。

❀　❀　❀

自分たちの出番を終え、蓮華は舞台袖にさがる。

入れ替わるように、真ん中へ躍り出たのは夏雪と仙仙だ。二人でコンビを組み、ショートコントを行う。

蓮華は手に汗にぎりながら、夏雪を見守る。

練習では、夏雪がツッコミに向いておらず難儀した。台本だって、何度も何度も書き直し、夏雪にぴったりのキャラクターを考えたのだ。蓮華はそれらの努力を知っていた。助言は何度も与えたが、基本的に夏雪と仙仙が出した最適解である。

いよいよ、その集大成。

「魂問、絶対に入りたくない店」

二人はあいさつを終え、ショートコントをはじめると宣言した。

「はあ……おなかが空いた。こんにちはー」

仙仙が客役として演技をはじめる。彼女は延州でも、よく民衆と接していたので、なかなかそれっぽい。後宮に来た当初は、侍女のふりをしていたし、才能はある。

「よく来たわね」

店員役は、夏雪であった。いつものように堂々と胸を張り、仁王立ちしている。

「さあ、好きな席に座って、食べたいものを言いなさい。わたくしのお店は、梅安で一番美味しいのですからね」

「店員さん、態度大きくないですか?」

「普通です。早く座りなさい。わたくしのお薦めは、川魚の清蒸《ちんじょん》です」

「は、はい……」

店員役の夏雪は、尊大な態度で客に命令しはじめた。仙仙は戸惑いながらも、席に座り、メニューを選ぶふりをする。

夏雪は、そのままのお嬢様キャラでいくことに決めた。

漫才には、ボケとツッコミにキャラづけする手法がある。だから、夏雪は「店員なのに、貴族みたいに尊大」という設定にした。

「それで、ご注文は決まりましたか？」

「じゃあ、揚菜《たーさい》の炒め物を……」

「わかりました。川魚の清蒸ですね」

「いや、話聞いてますか!? 碑文に刻みますか!?」

あ、仙仙の素が出てるわ。だが、そんなアドリブも無視して、二人は舞台を続けていた。二人とも気がついていない可能性すらある。

舞台袖から夏雪と仙仙のやりとりを見守りながら、蓮華は会場に視線を向けた。

まず、ど真ん中に設置された皇帝の特等席が目に入る。ドカッと座った天明が、ちょうど額に手を当ててうつむいていた。笑っているのか、呆れているのか、判断に困る。

ほかの席も一瞥《いちべつ》すると、おおむねウケはよさそうだ。とりあえず、企画者としてホッとした。ちなみに、舞台裏では柳嗣が、ずっと腹を抱えている。お父ちゃん、ツボってるやん。

　そして……玉玲を確認した。

「あれ」

　ちょうどそのとき、玉玲が席から立ちあがるのが見えた。どこかへ行くのだろうか。お手洗い？　いや、方向がちゃう。

　蓮華は不安になる。

　そもそも、齊家の貴人が従者もつけずに、鴻家の取り仕切る漫才舞台を見にくるのが不自然だ。

「ちょっと、うち行ってくるー！」

　蓮華は衝動的に走り出した。

「ああ！　蓮華様！　私もまいります！」

　陽珊も蓮華を追ってくる。

　玉玲はエントランスのほうへ向かっていったと思う。あちらには、猛虎飯店の軽食出張がある。なにかを買い食いするのだろうか。

　エントランスは高い吹き抜けの天井になっており、面積の割りに広く感じる。空間を有効に活用しているのだ。エントランスへ入る門は三つあり、それぞれ立派でどっしりとしていた。訪れる人々に、煌びやかで壮麗な印象を与えるだろう。

今は、真ん中の門だけが開いている。左右の門は、固く閉ざされたままだ。装飾の関係で、門が開かなくなってしまったのだ……これは、正門の左右を派手な垂れ幕で飾りたいという、柳嗣の希望を汲んだ結果だった。しかし、正門が大きいので、充分に観客の出入りが可能だ。閉幕後、ちょっと混み合うと思うけど。

「あ」

玉玲が軽食の屋台の前を歩いている。

ただの買い食いなら、ええけど……。

「………」

だが、玉玲の顔は……思いつめていた。とても買い食いを楽しもうとしているようには見えない。張りつめた面持ちのまま、たこ焼きを注文していた。

なんや、いやな予感するわ……。

蓮華は、すぐに声をかけることができなかった。

脳裏に、璃璃から預かった毒物が浮かんだ。もしも、玉玲が代わりの毒を手に入れていたら……なにより、彼女は璃璃が蓮華と接触したのを知っていた。そして、今日この場に、璃璃がいない。

たこ焼きの器を受けとったあと、玉玲は柱の陰へと消えていく。

「陽珊。頼まれてくれる？」

「なんでございましょう……」

なにかあったときの保険だ。蓮華は陽珊に、自分の考えを耳打ちした。陽珊は難色を示したが、やがて折れる。困った顔で了承してくれた。

「ほな、よろしく頼むで」

玉玲が歩いていく先に、蓮華もついていく。陽珊は蓮華から距離をとりながら、しっかりとうなずいた。

玉玲についてエントランスの片隅まで行くと、そこには二人の男の子が座っていた。身なりからして、庶民層。しかも、あまり裕福ではなさそうだった。

「わあ……ありがと!」

「本当にくれるの?」

男の子たちは、愛くるしい笑顔を玉玲に向けた。

たこ焼きを買ってあげる約束をしていた? そのように見える。貴族が庶民に施しを与える、微笑ましい光景だった。

それなのに、玉玲の顔は張りつめている。

たこ焼きを受けとった男の子たちは、兄弟だろう。キラキラとした表情で、たこ焼きの匂いを嗅いでいた。そして、楊枝を手にとる。

「玉玲さん……?」

蓮華は、ようやく玉玲に声をかけた。

「………………ッ！」

玉玲は大きく肩を震わせ、蓮華をふり返る。

「どないしたんですか……？　大丈夫ですか？」

玉玲がマトモな状態には見えなかった。

顔が青ざめていて、呼吸が乱れている。珠のような汗が、額から頬に流れていた。

それが涙にも見えて、蓮華は身を強ばらせてしまう。

「美味しそう」

男の子たちが、たこ焼きを持ちあげた。口を大きく開けて、一口で頬張ろうとしている。

「――なりません！　大小姐！」

大きな声がエントランスホールに響いた。

びっくりした男の子が、楊枝に刺さったたこ焼きを落とす。

「璃璃……？」

息を切らしながら、よろよろと駆けてきたのは、璃璃だった。

右目に包帯を巻いており、顔が半分隠れている。満身創痍《まんしんそうい》だけれども、必死に走ってきたのが伝わった。

「あ……あ、あ……」

璃璃を見て玉玲が狼狽《ろうばい》している。

だが、ほどなくして身を翻し、なぜか子供たちから、たこ焼きの器をはたき落とす。

足元に、アツアツのたこ焼きが転がった。

「食べないで！　あっちへ行って！」

唐突に玉玲が怒鳴ったので、男の子たちは困惑している。怯えた素振りを見せながら、「な、なんだよ！」と叫び、劇場の外へと駆けていった。

「玉玲さん」

蓮華は玉玲を落ち着かせようと、肩に触れる。

「声をあげないで。大人しく……してください……！」

玉玲の右手に、ギラリと光を放つ小刀が見えた。

三

まったく、忙しい女だ。

楽屋で蓮華の不在を聞かされ、天明はため息をついた。最近、本当にことあるごとに、ため息をつくようになっている。それもこれも、今もどこかをふらふらと出歩いている蓮華のせいだ。

まだ公演の途中ではあるが、最後のあいさつを皇帝が執り行うとされているので、移動してきた。だのに、蓮華がいなくて、若干、腹立たしい。

ちなみに、現在は三組目の漫才が披露されている。劉貴妃と劉清藍の兄妹による、夫婦《めおと》漫才なのだが……なぜ、清藍まで漫才をしているのか、天明はあとで問いただしたかった。

「主上、いかがでしたかな！　我が娘は、そうとうに目立っておりましたでしょう！」

鴻柳嗣が両手を広げながら主張してきた。

金糸の刺繍で布地が埋めつくされた衣のせいか、とにかく派手で煌々《こうこう》としている。仰々《ぎょうぎょう》しい儀礼用の衣装をまとった皇帝を超える派手さだ。

「まあ……目立ってはいたが、いつも通りだろう」

天明としては、いつもの蓮華を見ている心持ちだった。舞台にあがっているかどうかのちがいである。しかも、天明の顔を漫才の題材に使用されたので、複雑な心持ちだった。

「主上も笑っていらしたではありませんか」

うしろから、颯馬が要らぬことを言ってくる。天明は聞かなかったふりをして、目をそらした。

部屋の隅に、花瓶がある。

立派な桃の枝が一本、飾ってあった。

大して珍しい花でもない。なのに、なんとなく視線が吸い寄せられる。

「……大変にございます!」

そんなとき、慌てて楽屋へ飛び込む者がいた。

蓮華の侍女をしている陽珊だ。

「蓮華様が……蓮華様が……!」

❀　❀　❀

こりゃあ……主上さんから怒られるどころの話やないかもしれへん。

状況を呑み込んで、蓮華は項垂れた。

だが、その後方から、腰に硬いものを突きつけられる。

「玉玲さん……」

「静かにしてください。瑠璃も……」

震える声で、そう命じたのは玉玲だった。

蓮華は今、人質にされている。

玉玲に刃物を突きつけられているところだ。

たこ焼きをはたき落としたあと、玉玲は蓮華に刃物を見せつけた。そして、「騒ぎを起こされたくなければ、大人しくしてください」と脅したのである。

まだ公演中だ。

お笑いの舞台の最中に、殺傷沙汰があれば公演が台無しになってしまう。極力、騒ぎがないのがベストだった。蓮華は黙って、玉玲に従うしかない。

幸い、蓮華が玉玲に捕まったのは、エントランスの端。声をあげなければ、誰にも気づかれない。

陽珊には、「なにかあったら、楽屋に応援要請してや」と頼んであった。玉玲に気づかれない距離で蓮華を見守ってもらったのだ。おかげで、玉玲は陽珊が楽屋へ向かったことに気づいていない。

本当は、このプランに陽珊は反対だった。逆の役割にしようと提案されたが、玉玲は貴族だ。陽珊よりも蓮華が行くべきだと思った。

「大小姐、おやめください」

璃璃が顔を青くしながら、玉玲に近づこうとする。蓮華を人質に取られたため、彼女も大声を出すことができなかった。

「来ないで……私にかまうなと言ったでしょう。あなたは解雇したの。もう、私とは関係がないのよ」

これ以上、璃璃が近づかぬように、玉玲はわざと蓮華に突きつけた刃を見せつけた。璃璃はなにもできないまま立ち尽くしてしまう。

「このあと、どうする気なんですか?」

蓮華は背中に汗が流れるのを感じながら、視線だけで玉玲をふり返ろうとする。

「もうすぐ……ここを大勢の観客が通ります。で、できるだけ……目立つ場所で、あなたを……そうしたら、きっと、みんな混乱します」

玉玲は声ばかりではなく、手も震わせていた。

たしかに、ここはエントランスの隅だ。公演が終わったら、観客たちが一斉に出てくるだろう。彼らは、このエントランスを通って、正門をくぐる。公演が終わって一気に人があふれれば、エントランスは満員だ。こんな隅のできごとにも、注目が集まるだろう。

「そないなことしたら、捕まりますよ」

「捕まる前に死にます」

プランが雑すぎる。計画性に乏しく、お粗末だ。最初から死ぬつもりで、逃げ切る気がまるでないのだろう。

「さっきのたこ焼き……毒入りやったんですか」

「………」

毒入りのたこ焼きを子供に食べさせて殺せば、騒ぎになる。提供された食事が問題視されると、鴻家の信用も落ちるだろう。

とにかく、騒ぎを起こして混乱させるのが目的だった。そして、玉玲は捨て身の覚悟である。計画が杜撰であっても、やった者勝ちだ。

自爆テロかいな……。

蓮華は頭を抱えたくなった。

こんな指示を出した遼博宇をしばき倒したい。ビリケンさんみたいな顔を思い出すだけでも腹が立ってきた。

星霞のときと同じだ。最初から、玉玲を駒として使い捨てるつもりでいる。

身内やのに。

しかし、今この状況においては効果てきめんだ。蓮華は玉玲を捕まえたくはない。だから、兵士たちに気づいてもらえるような行動も起こさなかった。ちょうど柱の死角になっているが、ちょっと叫べば、猛虎飯店のスタッフだって来てくれる。

でも……目の前で、璃璃が悲痛な表情を浮かべていた。

今、玉玲が捕まれば、たぶん彼女の命はない。秀蘭によって獄中で不審死として片づけられそうな気がした。天明に忠告されたので、蓮華はその可能性は高いと考えている。

璃璃から、玉玲を救ってほしいと頼まれた。

そして、蓮華は玉玲を救いたい。

「玉玲さんはどうして、たこ焼きを子供に食べさせなかったんですか。プラン変更する意味、なかったでしょ。無理やりにでも、食べさせてしまえばよかったんや」

「…………」

玉玲は、結局、毒入りのたこ焼きを捨てている。あのまま当初のプランを敢行したってよかったのに、そうしなかった。もしくは、こんな風に人質にせず、蓮華をそのまま刺し殺せばいい……いや、困るけど。

「本当は、こないなことしたくないんやないですか。やめましょうよ。主上さんに、なんとかならんか相談しましょう。璃璃だって、玉玲さんを心配して——」

「私は失敗できないのです……」

「璃璃は、うちが保護します。主上さんだってついてます」

「ちがうのです……私は、ここで死なないと——」

玉玲の声がだんだん小さくなって、聞きとれない。声が震え、すすり泣くような響きもはらんでいる。

助けたいのに。

璃璃の左目から涙がこぼれている。せっかく、蓮華に助けを求めてくれたのに……

蓮華はなにもできないままだ。

「ん……」

まぶしい。突然、顔に光が当たり、蓮華は目を細くした。

鏡で太陽を反射させた光のようだ。見ると、柱の陰に傑が隠れていた。

傑は、頻りになにかの動作をくり返している。あれは……サイン。野球のサインである。え？　なんて？　バント？　敬遠？　はい？　どっち？

蓮華は意味がわからず、目を瞬かせる。傑はバントや敬遠のサインを、くり返しているばかりだ。

時間稼げってことやな?

「……玉玲さん。桃の花は、凰朔では長寿の仙木らしいですね」

やれるだけ、やったる。蓮華はできるだけ玉玲の気を引こうとした。

しかし、もうすぐ公演が終わってしまう。今ごろは、天明が舞台で締めのあいさつをしているはずだ。

長引かせすぎると、観客がエントランスへ出てくるだろう。

「いただいた桃の花は、楽屋に飾っています。きっと、主上さんも見てくれたんやないでしょうか」

凰朔には誕生日を祝う習慣がないが、皇帝だけは別だ。

そんな日に、長寿を意味する花を贈る。玉玲の行動には、意図があると思った。

後宮に、百合の花を持ってきたときのように。

「主上さんに毒を盛っても、殺めるつもりなんて、なかったんやないですか」

玉玲は幼かった天明を毒殺しようとしたが、自分の子である最黎に阻止された——計画はやはり杜撰だったのだ。最黎が動かなくとも、誰かに止められていたかもしれない。実際、天明も自ら気づき、対処しようとしたと聞く。

「そんなこと……」

「主上さんが生きてて、ホッとしたんやないですか?」

「ちがいます……ちがいます……」

玉玲は蓮華のうしろで、ずっと震えている。

「私は……我が子を守りたかっただけなのです。でも……守れなかった。怖くなったのです。母親なのに……私は、秀蘭のようには……なれなかった……」

気がつくと、傑がバントのサインをやめていた。

「私が悪いのです。最黎まで、奪われてしまった……優しい子になってほしかった。でも……でも……全部、あの男に。私がいけなかったんだわ。きっと、ちゃんと愛せていなかった。最黎だけじゃない――」

玉玲の思惑とはべつに、最黎は情の薄い子に育ってしまった。それを、玉玲は「奪われた」と言っている。

天明はそんな最黎に心酔したが、逆に玉玲は恐ろしくなったのだ。

「……最黎皇子は、玉玲さんから愛情を受けて育ったと思いますよ。ちょっと不器用やったんです」

傑からの引き延ばしサインは止《や》んでいる。

せやけど、これだけは言わなあかんやろ。

「結局、主上さんともわかりあえなかった最黎皇子やけど……あの二人は、お互いに認めあっていたんです。最黎皇子に愛がなかったんやない。最黎皇子は、優先順位がちゃうんやと思うんです。せやなかったら、主上さんをうらやんだりなんかせん」

最黎は日記に、天明は万人に愛される皇帝となれると記していた。彼が天明を恐れた理由であるが、認め、羨望した証拠でもある。

情のない人間ではなかった。

「玉玲さんから、しっかり愛情もろてたんです。そして……主上さんも、最黎皇子からもろた愛情を受け継いでいると、うちは信じています」

最黎は、もう亡くなってしまった。だから、本当のことを語ってくれる人間はいない。秀蘭が持っていた彼の日記から、読みとれる感情がすべてだ。

だが、蓮華は信じたかった。

だって、そう思ってたほうが気持ちがいい。

「私は……でも……」

蓮華に向けた刃物が、さがっていく。

「ん……?」

なんか、上から音がした?　ような……気が、する――って、ええええええ!?

蓮華は頭上を仰ぎ、思わず叫んでしまう。

「主上さん!?　空から主上さんがぁああ!」

空から文字通り、皇帝がふってきた。

冷静に考えれば、エントランスの梁《はり》を伝って飛び降りてきたとわかるのだが、このときの蓮華は、頭がわやって混乱していた。

「ひっ……」

唐突に天明がふってきたことで、玉玲が怯んで蓮華から離れる。

ずいぶんな高さから飛び降りたのに、天明は難なく着地した。あまりに身のこなしが軽いので、羽でも生えているのかと錯覚しそうだ。翼をくれるエナジードリンクも、びっくりファンタジー生物もいないので、単に天明の身体能力がすごいのだが。

玉玲は距離をとろうとするが、空からふってきてもピンピンしている皇帝に、か弱い淑女が勝てるわけもない。簡単に小刀を奪われてしまった。

天明は小刀を遠くに投げ捨てる。

「また無茶苦茶を……」

驚いて動けないままの蓮華の顔を、天明が呆れた様子でのぞき込む。

「いや、今のは無茶苦茶やったん、うちやないし!? 皇帝様のくせして、なにしてんねん。怪我したらどないすんの！」

ついツッコミを入れるが、天明は「問題ない」なんて涼しげに言ってのけた。前から思っていたが、天明の身体能力がありながら、野球をしてくれないのがもったいない。ちょうど、球団も皇帝っぽいドラゴンズ枠が空いている。

催事用の派手な衣装は邪魔だったのだろう。どこかに置いてきたようで、薄手の衣姿である。普段よりも、立派な身体のラインがはっきりしていた。

「だいたい、閉幕のあいさつは? どないしたんですか」

「あれは、目立ちたい者にまかせた」

お父ちゃんかー!

たしかに、最初のあいさつも柳嗣が行ったし、締めも担当したっておかしくはない。おかしくはないが……天明に催事よりも、蓮華を優先させてしまった。しかも、お誕生日様だ。急に申し訳ない気分になってくる。

そんなやりとりの最中に、天明が素早く動いた。

「く……」

玉玲が懐からなにかを取り出していたのだ。天明は玉玲の腕をつかみ、動きを無理やり封じた。

小瓶が床を転がる。

考えたくないが、自害用にも毒を持っていたのだろう。

「せめて、死なせてください」

玉玲は泣き崩れながら、必死で抵抗する。

そのとき、蓮華はまずいことに気がついた。

いくら柳嗣の話が長くても、そろそろ限界だ。観客がエントランスに向かってくる。早く撤退しなければ、大勢の人目に玉玲が晒《さら》されるだろう。毒物混入や殺傷事件は免れたが、このままでは玉玲を捕まえなければならない。そして、捕《と》らえたところで、遼博宇は星霞のときみたいに、白々しい言い逃れをしてくるはずだ。兵士の手に渡れば、秀蘭からも狙われる。

玉玲を救えない……。

「蓮華」

天明は玉玲を押さえながら、蓮華に呼びかけた。抵抗する玉玲の口に、天明は左手の指を押し入れる。彼女が舌を噛むつもりだと気づいたのだ。

玉玲はあきらめていない。必死の形相で、なんとか天明から逃れようとしている。

天明の指から滴る血が床に点を描いた。

「門を開けろ！」

天明に命じられるまで、蓮華は自分が棒立ちになっている自覚がなかった。ここは、動かなあかん。

門は三つあるが、開いているのは正門だけだ。

左右の門は内開きである——左側の門を開ければ、ちょうど玉玲と天明がいる場所を隠せる算段だ。しかも、出口が増えるので、人々の滞在時間を短くできる。デメリットは、お父ちゃんお気に入りの派手派手垂れ幕を駄目にしてしまうことだ。わざわざ外す時間はないので、落とすしかない。

だが、蓮華には懸念があった。

天明に玉玲を救う気がなかったら……死角を作り、このまま斬り捨てるつもりだったら、どうしよう。蓮華に現場を見せないために、ここを離れろと言っているのかもしれない。

立ち去って、大丈夫だろうか。

「行け」

天明はもう一度、蓮華に強く命じる。

しっかりと、こちらに視線を向けて、まっすぐに。

「おまかせしました」

蓮華は、すぐに踵を返して走り出した。忘れないように、小刀も拾っておく。

「璃璃も、行くで」

「で、でも……」

戸惑う璃璃の手を、蓮華は強く引いた。

「主上さんにまかせて大丈夫や」

大丈夫や。

主上さんは、そんなひどいことせん。

蓮華は信じた。

❀　❀　❀

このまま齊玉玲を斬ってしまうのがいい。

玉玲だって、死を望んでいるのだ。

そう頭で考えるが、今しがた走っていった蓮華の顔が浮かんでくる。

「齊玉玲」

天明の呼びかけに、玉玲は応じない。泣きながら天明の指を噛んでいた。

「あなたは、いつも怯えていたな」

玉玲に毒を盛られてから、天明は桂花殿へ通うようになった。玉玲と顔をあわせるたび、天明は胸が痛かった。

天明はあれ以来、決まった厨師《ちゅうし》の食事しか受けつけなくなっていた。玉玲が引き起こした毒殺未遂により、天明の暮らしは大きく変わってしまった。

しかし、天明が玉玲に抱いていたのは恐怖の感情ではない。

彼女が自らの意志で毒を盛ったとは思えなかったのだ。いつもなにかに……幼い天明にも、怯えていた。きっと、天明を見ると贖罪《しょくざい》の念に駆られたのだろう。

そう思うと、どうしても不憫でならなかった。

「俺は、許す」

口に出してみると、存外、心が軽くなる気がした。

玉玲の身体からも、次第に力が抜けていく。抵抗する気力が失せてきたのか、玉玲の心で、なにかが動いたのか。

――そして……主上さんも、最黎皇子からもろた愛情を受け継いでいると、うちは信じています。

蓮華が時間稼ぎにしていた話は、天明にも聞こえていた。

ことあるごとに考えてしまう呪い。

最黎ならば、どうするか。

最黎だったなら、上手くやれたのではないか。

最黎がいれば――。

決して払拭できない呪縛だ。

天明は最黎が生きていたらと、常に考え、そして、「最黎なら、こうしない」という選択を無意識のうちにしていた。

ここにいるのは天明であり、最黎ではない。ならば、最黎が行わない政をすることに、天明が生きる意味がある。

だが、蓮華の言葉を聞いて思いなおした。天明にも、最黎から受け継いだものがある――最黎と過ごし、憧れた時間は無意味ではない、と。

最黎と異なる行いをする必要はないではないか。

最黎から受け継ぎ、学んだ結果が今の天明なのだから。

「一つ気になっていることがある」

「…………」

玉玲は返事をしないが、もう身体の力は抜けていた。天明は噛ませていた左手の指を外す。

蓮華が間にあったのか、観客が出てくる前に、門が開きはじめる。外の陽射しがエントランスに射し込むが、代わりに天明たちの姿は扉の陰へと隠れていく。

「遼博宇の命を受けているのは明白だが……なぜ、あなたがここまで必死になるのか、俺にはわからないのだ」

玉玲の身体が震えた。

「……言えません」

いくら幼いころから恐怖で支配されていたとしても、これは異常だ。最初は璃璃を守るためと思ったが、引っかかるものがある。

「やはり、なにかほかに弱みがあるか」

「言えないのです……私は、ここで死ななければならない。そうでないと……」

それきり、玉玲はうつむいてしまう。抵抗する気力は残っていないが、理由を話す気もないらしい。

「わかった、提案だ」

こんな話を持ちかけるなど、甘い。

誰の影響なのか、すぐにわかる。

最黎ならば、絶対に選ばないだろう。

それでも、これがいいのだと、今は思える。

❀　❀　❀

降誕祭での漫才公演の評判は上々であった。その後の儀式も恙《つつが》なく執り行われ、一日が終わる。

降誕祭は成功した。

ただ一つだけ、一部の官吏や貴族にのみ周知されたことがある。劇場近くの馬車から火の手があがり、遺体が発見された。燃え残った遺留品から、先の齊貴妃――齊玉玲とみられる。

遺書はなく、原因は調査中である。

四

後宮の隅に、無人の建物がある。

水晶殿と呼ばれる殿舎は、妃の住まいではなかった。伝染病などの病人を隔離するために造られており、今代の後宮では、まだ使用された例はない。

しかし、どうやらその水晶殿に人が入ったようだ。

どこの誰が病を患ったのか――後宮に暮らす者たちは、よりいっそう、水晶殿へ近づくのを避けていた。

訪問者たちは、夜闇に紛れるように外套《がいとう》を被っている。

水晶殿には、必要最小限の人間しか配置されておらず、釣灯籠《つりどうろう》にも、ほとんど火が入っていなかった。

夜の静寂もあり、ひどく侘《わび》しく感じる。

「ここが……水晶殿。初めて来ましたわ」

立派とも言えぬ入り口の前で、蓮華は外套を脱いだ。

「主上さん、ほんまおおきに」

そう告げながら、隣に立った天明を見あげる。

蓮華は、改めて水晶殿の様子をうかがった。病人の隔離場所だと聞いて、最初はみすぼらしい荒《あば》ら屋《や》を想像したが、さすがに後宮の建物である。寂れているが、粗末ではない。ところどころ、古く傷んだ箇所が目立つけれども、暮らしていくには不自由しないだろう。

「お待ちしておりました。主上、鴻徳妃」

水晶殿から、人が現れる。右目を包帯で覆った女性——璃璃だった。半分が隠れているが、そばかすの散った顔に浮かぶ笑みは穏やかだ。

「ありがとうございます」

璃璃はその場で、深々と頭《こうべ》を垂れてかしずく。

天明は蓮華のねがいを聞き入れた。

璃璃を……そして、玉玲を助けてくれたのである。

玉玲は遼博宇から、公演の妨害を命じられていた。さらに、失敗しても成功しても、自害することが求められていたのだ。

齊玉玲は、公演の妨害をあきらめ、自害した。と、遼博宇に思わせるため、天明は玉玲の身柄を保護して偽《にせ》の情報を流した。

玉玲は提案に応じ、現在は璃璃とともに水晶殿でひっそりと暮らしている。

今の後宮には遼博宇の手は及ばない。ここに隠してしまえば、誰かが漏らさぬ限りは安全だった。

誰にも露見してはならない秘密だ。

天明が玉玲を助けてくれて、蓮華は嬉しかった。非情な選択をするかもしれないと、あのとき脳裏を過ったが、天明を信じてよかった。

でも、蓮華には疑問が一つ残る。

どうして、秀蘭は玉玲の隠匿を許可したのだろう——。

案内された部屋は、水晶殿の最奥。

本来、病人を隔離するための殿舎なので、何重にも仕切りがしてある。いくつかの扉をくぐって辿りついた奥の部屋に、齊玉玲は座していた。

「本日はご足労いただき、まことにありがとうございます。主上、鴻徳妃」

二人を待ちかまえていたかのように、玉玲は頭をさげた。蓮華もついつい、ぺこぺこしてしまう。

「まいどおおきに、玉玲さん。儲かりまっか？」

「？　商いはしておりません……」

「そこは、ぼちぼちでんなって答えてくれればええんです」

「はい……では、ぼちぼちでございます」

玉玲の表情は幾分か穏やかであった。透明感のある肌に、うっすらと色がついている。なにかに怯える素振りもなく、蓮華たちをまっすぐ見てくれていた。

「寛大なご措置、私からも改めて感謝申しあげます」

玉玲に並んで、璃璃からも再び礼を述べられた。

今回は璃璃のSOSがなければ、蓮華も動けなかっただろう。後手に回って大変なことになっていたはずだ。璃璃を助けるためだから、蓮華もがんばれた。陽珊も、璃璃や玉玲の措置を聞いて安心している。

それに、蓮華はようやく星霞の夢を見なくなった。

やっと呪縛が解けた気がする……まだ後悔は残るが、ちょっとはすっきりしたかもしれない。

「礼はよい。あなたがなにを隠しているのかわからぬまま、自害などさせられなかっただけだ」

天明はそう説明しながら、玉玲を見据えた。

玉玲の隠しごと。蓮華は眉根を寄せた。璃璃も怪訝そうな表情を作っている。

——白璃璃が知っていることが、真実のすべてとは限りませんよ。


いまさらになって、蓮華は紫耀の忠告を思い出した。

考えてみれば、玉玲の行動は妙だ。

いくら従者など近しい人間を盾にとられていても、あそこまで必死に行動するだろうか。天明の読み通り、まだほかに隠していると見るのが自然だった。

玉玲は口を閉ざし、目を伏せる。それは、肯定の意にもとれた。

なにを隠して——いや、守ろうとしているのだろう。

「あなたは自分が死ねば、その秘密は守られると確信して行動していた。つまりは、遼博宇は、あなたが死んでもそれを処分しない……否、保持しなければならないのだろう？」

天明が述べているのは仮説だ。玉玲の反応を見て、探りを入れている。

「遼博宇はそれを使って、なにかを成そうとしているのだな」

「…………」

玉玲は、なにも答えない。

天明が玉玲を保護したのは、蓮華のためだけではないのだろう。彼は、玉玲がにぎっている秘密が、遼博宇への打撃となりうる可能性を期待している。

蓮華の疑問も、ここで解けた。秀蘭が玉玲の隠匿を許したのは、天明と同じことを考えているからだ。

「まあまあ。気が向いたら、話してくれるかもしれへんし。今はいっぱい休んだほうが、ええんとちゃいますか？　飴ちゃん、食べます？」

蓮華は空気を和ませようと、つい全員に飴を配る。

天明は玉玲に質問をしても、問い詰めたりはしない。拷問で無理やりしゃべらせるという手段もとらないだろう。

甘いのだと思う。蓮華も、天明も。

この先、苦労するかもしれない。

しかし、それで別の誰かが救われるなら、それでいい。蓮華は要らぬお節介と言われようと、困った人を助けたかった。

「じゃあ、また来ますわ。今度はタコパしましょ……秀蘭様も呼んで」

秀蘭の名を聞き、玉玲の表情が強張る。

「……あの方は、私を許すのでしょうか」

「それはわからない。だが、あなたが遼博宇の秘密をにぎる可能性を示唆したら、母上は水晶殿の使用を許可した……いつか話しあう機会くらいは、設けられるかもしれないな」

天明の返答に、玉玲はきゅっと唇を噛んだが、どこか安心しているようにも見える。

「重ね重ね、ありがとうございます……」

玉玲は秘密を持っている。

けれども、以前よりもずっとずっと、心穏やかそうだ。

今はそれだけでもいいと、蓮華は思うのだった。

五

水晶殿をあとにして、蓮華はふと空を仰ぐ。

天体観測なんて趣味は、持ちあわせていなかった。それでも、ここには大阪にいるころは想像もできなかったような星空が浮かんでいる。星の数が多すぎて、パッと星座が同じかどうかまで、判断がつかないほどだ。

「あ……流れ星」

たった今、流れていく光があった。

「あ……あ……あー……消えてしもた」

蓮華はとっさにねがいを口にしようとするが、パクパクと動くばかりで、なにも言えなかった。

前世だったら、迷わず「金金金!」と連呼した場面だ。だって、短くて言いやすくて、的確やん?

でも、今言葉が出なかった。なにをねがおうか考えたとき、蓮華の頭にはいろんなものが浮かんでしまったのだ。

この国を暮らしやすくしたいとか、みんな元気に過ごせますようにとか、コ・リーグ優勝できますようにとか……大阪のオカンが元気でいますように、とか。

今の蓮華は、欲張りになったのかもしれない――。

「なにをしてるのだ?」

隣を歩いていた天明が、蓮華をのぞき込んだ。と、思ったら、口の中に丸っこい異物が入っていく感覚があった。

「――――ッ!」

蓮華はびっくりしてしまうが、遅れて口内に甘い味が広がる。飴ちゃんだ。まろやかで深い味わい……新作のミルク味。さっき、天明に渡したものだ。

危うく、吐き出すところだったではないか。もったいないことをしなくてよかった。

蓮華はホッとする。あーんするなら、あーんするって言うてほしいわ。

「間抜けに口を開けていたからな」

天明がフッと唇を緩ませた。まるで悪戯に成功した子供のようだ。

「これは……あれです。流れ星があったから」

流れ星と聞いて、天明が眉根を寄せた。

忘れていたが、凰朔での流れ星は凶事の前触れだと言われている。縁起がよくない。

「あ、いや、その……西域から来た商人に聞いたんです。流れ星見つけたら、ねがいを三回唱えなさいって。そしたら、叶うらしいんですよ。国によって、星の意味が変わるって、おもろないですか？」

あはは、と笑って誤魔化してみると、天明は「ほう」と星空に視線を向ける。あまり信じていない、眉唾な反応だ。

「俺が生まれた日は、星が流れたそうだ」

立ち止まり、上を見あげている天明の表情は、蓮華にはわからない。

そういえば、流れ星の日に生まれた皇子が、不吉の象徴として殺されてしまったという昔話を幼いころに聞いた。今の凰朔では、時代遅れの愚行だろう。

「初耳でしたわ」

「母上が星を観測した占術師たちに隠すよう命じたらしい。迷信だが、よくない噂が立つかもしれぬからな」

「なるほど、秀蘭様ならそうするかもしれへん」

誕生日を祝う習慣がない凰朔において、天明は唯一、降誕祭を開かれる存在だ。もしかすると……彼自身、あの祭事が好きではないのかもしれない。

「ほなら、迷信ですわ。だって、その日に生まれた子は、こないに立派な皇帝にならはったんやから……流れ星は、吉事の象徴なんです」

蓮華は天明の手をにぎった。すると、天明はこちらを見て目を丸くする。

「遅くなって、すんません。主上さん、お誕生日おめでとうございます。うちは、主上さんがいてくれて、嬉しいですよ」

祝祭は催されるが、面と向かって「おめでとう」を言う日ではない。蓮華が改めて祝う必要はないけれども、こうしたかった……数日遅いねんけど。

天明は戸惑いながらも、怒ってはいない。

「最初は気づかれへんかったけど……主上さん、ほんまええ身体つきしとるから。なあなあ、野球しましょうや。ドラゴンズ枠、ちゃんと空けてんねん。絶対、主上さんはスター選手になれますってば」

せっかく、こんな立派に育ったのだ。着痩せするタイプなので、最初は気がつかなかったが、筋肉のつき方がいい。足腰もしっかりと鍛えられているので、打ってよし、走ってよし、投げてよしのオールラウンダーを期待できそうだ。蓮華はついつい、天明の腰回りから下をパンパンッと叩くように触りまくる。

「お、お前は……本当に……やらん！　野球はせぬ！　絶対だ！」

「いけず」

「ああ、くそ。お前ばかり触るな！」

天明は悪態をつきながら、蓮華の両手を押さえ込んだ。さすがに、叱られてしまったか。蓮華は唇を蛸みたいに尖《とが》らせた。

蓮華が抵抗をやめると、天明はちゃんと手を離してくれる。たとえ、激しくツッコミを入れたとしても、いつも蓮華の痛がることはしなかった。そこは、加減されていると思う。

けれども、不意に蓮華の長い髪を、引かれる感覚がある。

「主上さん？」

肩にかかる長い髪を、天明が指で梳《す》いていた。節くれ立った指の間を、サラサラと蓮華の髪がこぼれていく。

「お前にばかり触られるのは、腹が立つ」

「ええ筋肉やから、つい……」

だからと言って、どうして髪の毛。そりゃあ、蓮華の髪は小麦粉洗髪法を駆使しており、サラサラだ。さらに、毎朝、陽珊か朱燐がていねいに櫛《くし》で梳《と》かしているので、触りたくなる気持ちはわかる。

「お前は俺の妃だ……もう他の男に触らせるな」

そう言いながら、うなじに手を回される。髪の毛越しでも、手の大きさと温かさが伝わってきた。

紫耀に髪を触れられた話をしたとき、天明の機嫌が悪くなったのを思い出す。だから、こうやって蓮華の髪を……。

「まあ……はい。善処します」

たとえ夜伽がなくとも、蓮華は後宮の妃だ。天明の妻の一人である。たしかに、他の男性に身体を触らせるのは、よろしくない。

蓮華は野球で鍛えているが、それでも男性には敵《かな》わない。不慮の事故はしょうがないけど、気をつけろって意味やろ。知らんけど。

それにしたって、髪に触れる手つきが、なでるみたいで気持ちがいい。

恥ずかしい気もするけれど、悪くはなかった。

エンディング　盤面

碁石を打つ音が響く。

盤面を挟んで向かいあう顔は、紫耀に似ていない。血が繋がっていないので当然だ。

「あれは、最後まで使えぬ女だったな」

義父──遼博宇は、碁石を打ちながら淡々と言った。まるで日常会話のような口調である。否、彼にとっては、些事《さじ》なのだろう。

齊玉玲が自害した。

劇場へ入ったが、妨害に失敗し、焼身自殺を図ったというのが、遼家にあがってきた報告だった。誰かに食べさせようとした毒入りのたこ焼きも残されている。

「…………」

紫耀も、碁を打ち返す。

「捕らえられても面倒だ。潔くて助かる」

遼博宇は気がついていない。だが、それを指摘してやるつもりはなかった。

玉玲は生きているのだろう。

彼女は自害用の毒を持っており、焼身自殺の必要はない。それに……鴻蓮華という存在も気になった。

偽の情報を流したことから、鴻家だけが動いたとは思えない。皇帝が噛んでいるのは明白だった。

ずいぶんと、甘い判断だ。

——僕なら、その選択はしない。

「我が子だけは守ったというわけか。本来ならば、正妃の座を秀蘭に奪われた段階で、切り捨てる駒だったのだ。存外、長生きしたな」

遼博宇の言葉に、紫耀は唇に笑みを描いた。

齊玉玲という女は、無能である。それが遼博宇の考えだ。実際に、彼女は天明の暗殺に失敗し、最黎を帝位に就けることができなかった。

最初から期待していなかったのだ。

だから、保険をかけていた。

玉玲が産んだ二人目の皇子——哉嗚は、入れ替えられている。死産した赤子と取り替え、秘密裏に後宮の外に連れ出されたのだ。

当時の後宮では妃たちの争いにより、子の夭逝《ようせい》があとを断たなかった。外に出すほうが、より安全で確実に育てられる。そして、意志が弱い玉玲を脅迫する人質としても機能した。哉鳴の命をにぎられ、玉玲はずっと遼博宇に逆らえなかったのである。

哉鳴を使えば、帝位を揺るがすことができるだろう。

遼博宇は政を覆す、最高の駒を手にしている。

「愚かな人だ」

紫耀は、碁石をつまみあげる。

向かいあった義父は、その言葉を向けられた相手が自分だとは露ほども思っていない。うなずきながら、「もう少し役に立つと思ったのだがな」と、つぶやいている。

この男は、捨てることしかしない。奪った駒を有効に活用できなかったのだ。

「本当に」

紫耀――哉鳴は、盤上に碁石を置いた。

本書のプロフィール

本書は書き下ろしです。

小学館文庫

大阪《おおさか》マダム、後宮妃《こうきゅうひ》になる！

第三幕《だいさんまく》は難波凰朔花月編《なんばおうさくかげつへん》

著者　田井《たい》ノエル

二〇二一年九月十二日　初版第一刷発行

発行人　飯田昌宏

発行所　株式会社　小学館

〒一〇一-八〇〇一
東京都千代田区一ツ橋二-三-一
電話　編集〇三-三二三〇-五六一六
　　　販売〇三-五二八一-三五五五

印刷所　――――凸版印刷株式会社

この文庫の詳しい内容はインターネットで24時間ご覧になれます。
小学館公式ホームページ　http://www.shogakukan.co.jp

ISBN978-4-09-407067-5